RAFELRANDEN
VAN DE MORAAL

D1574675

A.H.J. Dautzenberg

RAFELRANDEN VAN DE MORAAL

Novelle

Uitgeverij Atlas Contact
AMSTERDAM | ANTWERPEN

Bij de productie van dit boek is gebruikgemaakt van papier dat het keurmerk Forest Stewardship Council (FSC) draagt. Bij dit papier is het zeker dat de productie niet tot bosvernietiging heeft geleid. Ook is het papier 100% chloor- en zwavelvrij gebleekt.

© 2013 A.H.J. DAUTZENBERG
Omslagontwerp en -illustratie Herman van Bostelen
Foto auteur Ruben Reehorst
Typografie binnenwerk Bart van den Tooren
Drukkerij GGP Media GmbH, Pössneck

ISBN 978 90 254 4096 1
D/2013/0108/542
NUR 301

www.ahjdautzenberg.nl
www.atlascontact.nl

Voor Marthijn Uittenbogaard

'Alcohol, taken in sufficient quantities, may produce all the effects of drunkenness'

OSCAR WILDE

'Niemand hoeft voor mij te klappen. Ik hecht geen waarde aan applaus'

MILES DAVIS

Inhoud

In de herhaling

'Jongens waren we – maar aardige jongens.' Wie kent niet de beroemde openingszin uit *Titaantjes* van Nescio. Het boek verscheen in 1918, het begin van het inter- bellum, een bezielde tijd. Niettemin publiceert een in het leven teleurgestelde kantoorklerk een verzameling oubollige verhalen, een boek met een expliciete bood- schap: verzet je niet tegen de maatschappelijke mores, dat heeft geen zin, het loopt dan slecht met je af. Nescio zelf hield zich hieraan, ondanks zijn dromen van oncon- ventionele communes, waarmee i postuum veel roem vergaarde – de eerste tien jaar na verschijnen werden er amper 300 exemplaren van zijn werk verkocht.

Nescio's kleine, overzichtelijke en unisono oeuvre was vooral in de naoorlogse jaren populair: in 1954 ontving hij de Marianne Philips Prijs, een jaarlijkse onderschei- ding waarvoor alleen letterkundigen van boven de vijf- tig (!) in aanmerking kwamen.

Ook de afgelopen jaren zijn Nescio's verhalen een aantal keren herdrukt, al dan niet voorzien van geinige plaatjes. In 2010 was het thema van de Boekenweek:

'Titaantjes, opgroeien in de letteren'. We hebben blijkbaar opnieuw behoefte aan moreel gemier en kunstondermijnend gekout – alsof het politiek dedain alleen ontoereikend is. Aan mij is Nescio's laffe boodschap in elk geval niet besteed. Liever strijdend ten onder dan opgaan in de zouteloze polderpap. Je bent een sensitieve schrijver of je bent het niet. 'Al zeg ik 't zelf.'

De jaren vijftig. De literatoren omhelsden en masse het realisme – zo uitgebeend mogelijk, met een sterke nadruk op het waarneembare leven, de 'realiteit'. Geen decadente fantasieën, idealisme was uit den boze. Het brave karakter van de jaren vijftig was grotendeels een reactie op de gruwelen van '40-'45. Dromen waren massaal in rook opgegaan. Nuchterheid was geboden.

De jaren nu. Waargebeurd is populair. Reality scoort op tv, in kranten en in (brein)boeken. We lossen, het liefst met z'n allen gezellig samen, zo veel mogelijk 'problemen' op – moorden, boeren zonder vrouw, burentwisten. Detectives zijn immens populair. Idealisme is opnieuw niet geliefd. De War on Terror en de alomtegenwoordige financiële crisis zijn er de oorzaak van dat 'we' opnieuw dringend behoefte hebben aan duidelijkheid, aan richting. Het gevolg: morele truttigheid, krokant conservatisme en talkshowliteratuur, het liefst non-fictie, want fictie vergroot juist de disorde.

En niet te vergeten fact checking: klopt het wel wat A beweert? Elk zichzelf respecterend tv-programma heeft een kekke factchecker in dienst. Alsof het wat uitmaakt of iets werkelijk klopt – van politici (in verkiezingstijd) waarderen we immers bedriegerij en verdichtsels, en

hoe zat het ook al weer met de massavernietigingswa-
pens in Irak?

Het in de jaren vijftig immens populaire etiquetteboek
Hoe hoort het eigenlijk? van Amy Groskamp-ten Have is
opnieuw in trek, en heeft met *Hoe heurt het eigenlijk?* een
televisiependant: de gesoigneerde Jort Kelder gaat met
het handboek van Groskamp-ten Have op stap 'door de
klassenmaatschappij'.

Volgens de gezaghebbende econoom Tyler Cowen is er
de afgelopen pakweg zestig jaar in materiële zin nauwelijks vooruitgang geboekt: we rijden nog steeds in auto's,
gebruiken koelkasten, vliegtuigen zijn niet sneller gaan
vliegen. Ons leven ziet er niet veel anders uit dan in de
jaren vijftig. (De makers van de James Bond-films, de
franchise die al bijna vijftig jaar als een verlekkerde spiegel functioneert van de stand van de techniek, beseffen
dat ook. In de laatste aflevering, *Skyfall*, wordt de boef
weer gewoon met een mes gedood.)

De toekomst loopt achter op schema, geen enkele
sciencefictionfilm is realiteit geworden. We leven volgens Cowen in *The Great Stagnation*, ondanks het overschatte internet. Of dankzij het overschatte internet,
voeg ik daaraan toe.

Het web ontwikkelt zich als een cookies vretende Big
Brother met een corrigerende werking. Internet haalt de
calvinist in ons naar boven, de behoefte om ordening
aan te brengen in de chaos aan meningen. Facebook en
Twitter ontwikkelen zich meer en meer als de hoeders
van normen en waarden.

De door Cowen geschetste stagnatie leidt tot een herwaardering van oude merites: die waren zo slecht nog niet. Al wat afwijkt, is eng en wordt getrakteerd op afkeurend gekwaak – luister vooral naar Wilders en consorten.

Het purifiëren van de maatschappij leidt tot bizarre acties. Sporters worden met terugwerkende kracht streng gestraft voor acties waarmee ze de afgelopen decennia het volk én de journalisten nog plezierden; de vrije seksuele moraal van de jaren zestig, zeventig en tachtig moet uitgewist; ons oorlogsverleden moet eindelijk gezuiverd; de wetenschap wordt gedwongen om haar eigen gezag en hardheid te onderstrepen door 'frauduleuze' onderzoekers volledig af te branden. Ik noem dat bizar, ja.

Lance Armstrong was ruim een decennium lang een van de meest bewonderde sportmannen ter wereld, terwijl de wielrennerij het ene na het andere (spectaculaire) dopingschandaal te verwerken kreeg. Iedereen genoot van zijn prestaties en die van Delgado, Theunisse, Ullrich, Riis, Pantani, Vinokoerov, Contador, Boogerd en Schleck. Nu is iedereen *pissed on Lance* en gaat hij publiekelijk te biecht bij Oprah Winfrey.

BBC-coryfee Jimmy Savile wordt postuum veroordeeld voor zijn seksuele escapades van járen terug – 'hij was een seksmaniak'. Tientallen glamrockers die destijds gebruikmaakten van zijn gastvrijheid, zitten thuis bibberend op de bank op een dagvaarding te wachten. En wanneer wordt Bill Wyman opgepakt? In 1983 begon de bassist van The Rolling Stones als vijftigjarige een openlijke relatie met de dertienjarige Mandy Smith. Ze werden overal met veel egards ontvangen. Misschien moeten we de verantwoordelijke gastheren en managementbureaus alsnog oppakken, om zo de huidige generatie popsterren te waarschuwen. 'Het werd zomer' van Rob de Nijs moet natuurlijk met terugwerkende kracht worden verboden: 'Ik was zestien, jij was achtentwintig.' Bah.

Dan 'ons' oorlogsverleden. Nu ook de gerespecteerde Belastingdienst fout is gebleken, weten we het niet meer: wat was nu eigenlijk onze houding in de Tweede Wereldoorlog? Decennialang namen we genoegen met een romantische, ambivalente opvatting van goed en kwaad, maar nu moet opeens de onderste steen boven.

Ook Diederik Stapel wordt ongemeen hard aangepakt; hij werkte nochtans in de sociale psychologie, een wetenschappelijke discipline die gedachten, gevoelens en gedragingen onderzoekt, in het bijzonder de (ingebeelde) invloed van anderen daarop. Een amusant, interessant en boterzacht onderzoeksterrein. Stapel heeft met zijn fraude bovendien een uitdagende casus gecreëerd en daarmee de connotatie van zijn vakgebied verruimd. Mensen liegen en manipuleren, één voor één. Stapel laat zien dat onderzoekers zich niet langer buiten hun onderzoeksterrein kunnen plaatsen.

De Volkskrant startte onlangs het project 'Ware wetenschap', waarin lezers online academische onderzoeken beoordelen op basis van de onderzoeksopzet. De bevraagde academici vonden het volgens de wetenschapsredactie van de krant meteen 'een geweldig plan' en 'een supergoed initiatief'. Logisch, ze grijpen elke kans aan om hun beschadigde imago te herstellen. Dat het publiek mediageniek onderzoek positiever zal beoordelen, vinden ze blijkbaar geen bezwaar. *De Volkskrant* hierover: 'We zijn een krant die óók kijkt naar "belangrijk voor onze lezers".'

De redactie wil blijkbaar meer dan ooit behagen, daartoe aangemoedigd door de dalende abonneecurve. 'Aan ons de taak om een fraai boeket van spannende, interessante voorstellen samen te stellen. Zoals dat bij real life soaps gaat – wij houden u op de hoogte.' Een vleugje ironie van de redactie, om het opportunisme te camoufleren.

Waarom toch suggereren (verlangen zelfs) dat wetenschappers non-fictie beoefenen? Ze interpreteren, selecteren, vervormen en verzinnen. Pure fictie dus. En dat kan natuurlijk ook niet anders. Journalisten, ook zo'n beroepsgroep waarvan we objectiviteit verwachten, doen overigens niet anders. Joris Luyendijk tekende zijn ervaringen op in zijn bestseller *Het zijn net mensen*, waarin hij de manipulatieve verslaggeving in het Midden-Oosten aan de kaak stelde; zijn collega's lachten de kritiek (iets te) geamuseerd weg.

Feiten zeggen op zichzelf natuurlijk niets. Het wetenschappelijk bureau van de PvdA komt op basis van dezelfde gegevens tot andere conclusies dan de liberale Teldersstichting of de gereformeerde wetenschappers (geen contradictio in terminis) van de Guido de Brès-Stichting.

Vijfentwintig jaar geleden kwam ik voor het eerst in aanraking met de wetenschap (als student), daarna beroepsmatig (als adviseur, onderzoeker, journalist en schrijver). Sindsdien zie ik de universiteiten als hoeders van fantastische constructies, als saaie en bovenal bureaucratische toverkastelen waarin niettemin lekker geheimzinnig wordt gedaan over weinig tot niets. De wetenschap heeft de samenleving absoluut verrijkt – met illusies, raadsels en enkele praktische handvatten.

Maar daar heeft de tijdgeest niet langer boodschap aan: we willen de werkelijkheid zien, geen afschaduwingen daarvan. Al maken we uitzonderingen, voor nieuwspro- gramma's bijvoorbeeld, die vooral lekker moeten weg- happen, ter compensatie – we willen human interest en spektakel om onze eigen situatie te relativeren.

De 'ontaarding' van de wetenschap is eigenlijk logisch, want wat hebben al die eeuwen rationeel geploeter in feite opgeleverd? Een nog sterkere focus op hét hiaat in onze kennis, een leemte die we weliswaar geïsoleerd heb- ben van het functionele leven, maar die op gezette tijden onze geest blijft geselen als een kwaadaardige tumor: de 'schepping'. Vooral in de afgelopen decennia heeft de wetenschap zich met veel bravoure opgeworpen als hét antwoord op de secularisatie. Nu meer en meer duidelijk wordt dat de clairvoyante blik uitblijft, of hooguit wordt gesimuleerd, worden we opstandig – en jaloers op de is- lamieten, die (nog) wel een houvast hebben.

De door 'voortschrijdend inzicht' gecultiveerde ratio is uitgeraasd en heeft gefaald. De Kerk ziet kansen de ontstane lacune op te vullen. Het Vaticaan denkt met een (aan de populaire islam) ontleend vliegwiel het dwalende volk opnieuw spiritueel te prikkelen, te leiden zelfs: homohaat. Benedictus XVI zei het volgende in zijn recente kersttoespraak: 'Homo's manipuleren de rol die God heeft gegeven en ze vernietigen de essentie van het menselijk wezen.' Leve het normale gezin – met pa, ma, broertje en zusje. Keurig, zoals het hoort. Pers en politiek lijken de woorden van de pontifex maximus te gedogen (te waarderen, wellicht), getuige de lauwe reacties.

Al met al een uitstekend klimaat voor een schrijver. Een recalcitrante schrijver, voeg ik eraan toe, en die adjunctie is allang geen pleonasme meer. AKO-prijswinnares Marente de Moor heeft een column in het opinieblad *Vrij Nederland*. Wat doet zij met die door schrijvers zo felbegeerde plek (twee pagina's)? Ze kookt elke week een historische maaltijd! De begeleidende portretfoto lijkt een still uit de serie *Swiebertje*: wasbleke keukenschort, opgestoken haar, olijke blik, en dat alles lekker ouderwets 'gefotografeerd' met drie kleurenfilters. 'Als er veel braadvocht in de braadslee is overgebleven, reduceer het, is het echter ingekookt, maak het dan los met wat verdunde fond om een mooie jus te verkrijgen.'

Ik vind het heerlijk om mijn tanden niet alleen in een frikandel speciaal te zetten, maar ook in de tijdgeest, in de heersende normen en waarden, en bovenal in de als vochtige paddenstoelen uit de grond schietende taboes – giftig of niet. Ik geniet van transgressie, van het verkennen en overschrijden van ogenschijnlijke grenzen. Verwarring zaaien, raadsels vergroten, ongemakkelijke vragen stellen, ik kan er geen genoeg van krijgen. Waarom? Daarom!

Critici verwijten mij dat ik in mijn werk geen onderscheid maak tussen fictie en werkelijkheid, en laat dat nu net mijn hoofdthema zijn: de 'werkelijkheid' onderzoeken door haar te duiden, te manipuleren, te transponeren, te vermenigvuldigen of te negeren (een hele mond vol). Ik hou van de trompe-l'oeil. Wat is werkelijkheid? Ik weet het werkelijk niet.

Sommige mensen weten hierdoor niet wat ze aan me hebben: heeft hij wel zijn nier gedoneerd, zoals hij beweert, of toch niet? Sommige schrijvers, waarover later natuurlijk meer, delen dit bezwaar. Ik mag in hun ogen niet meer fabuleren, maar moet de werkelijkheid, wat dat ook moge zijn, dienen. De schrijver als kompas. Typisch jaren vijftig. We zitten in de herhaling. De amplitude van de morele golfbeweging bereikt opnieuw de ondergrens – of bovengrens, een kwestie van voorkeur.

En zo kom ik uit bij Tonio, Martijn en Lemmy. Drie jongens, min of meer. Of ze aardig zijn, weet ik niet, dat kan me ook niet zoveel schelen. Ze staan symbool voor mijn 'strijd', ze vormen samen het triumviraat van mijn door Nescio voorspelde ondergang. Nescio zelf had overigens vier dochters – net goed, denk ik dan.

Tonio, Martijn en Lemmy. Ze illustreren waar ik voor sta, zowel binnen als buiten mijn boeken. Dit hemelse trio zal ik in deze publicatie opnieuw voor het voetlicht brengen. In de herhaling komen acties net iets genuanceerder over. De emoties hebben de afgelopen tijd de vrije loop gekregen, prima, ik kan incasseren, maar nu even goed kijken, ik ben niet van de straat, hallo!

In deze novelle staan dan ook een aantal eerder gepubliceerde teksten.

Ik ben er overigens niet op uit mijn gelijk te halen; gelijk hebben is in mijn ogen een overschat ideaal. Bovendien is het ongelijk veel interessanter dan het gelijk. Door welke humus is het, blijkbaar foute, oordeel gevoed en gevormd? Dáár wil ik meer van weten, dáár wil ik me desgewenst aan laven.

Tonio, Martijn en Lemmy. Ik bespreek onze avonturen bewust tegen de chronologie in, om uit te komen bij mijn debuut *Vogels met zwarte poten kun je niet vreten*. Het is een narcistische exercitie, ik geef het onmiddellijk toe. Een ontdekkingsreis ook, met de nodige haken en ogen – gelukkig maar. Maar bovenal een illustratie van hoe genadeloos, plichtsgetrouw en zorgvuldig de tijdgeest te werk kan gaan – tegen het dominante decor van een ogenschijnlijk heldere hemel, geïllumineerd door de als een lichtkogel gecamoufleerde en gelanceerde Nieuwe Braafheid. Zo.

Het boekje vormt natuurlijk ook een monument voor een Titan – *nomen nescio* is aan mij niet besteed.

Tonio

'Jammer dat polemiek tegenwoordig opgevat wordt als teksten van marginale hufters. #AvondvdPolemiek #Dautzenberg.' Een tweet van Jeroen Vullings op vrijdag 2 november 2012. En even later: 'Bezopen van die nette Jaffe Vink dat hij dat nu recht staat te lullen.' Aldus de chef Boeken van het onafhankelijke weekblad *Vrij Nederland* – lang leve de inhoud. Voor de goede orde: die 'nette' Vink, schrijver en filosoof, was de voorzitter van de jury van de Avond van de Polemiek, een van die 'marginale hufters' uiteraard ik. Let ook op de verfijnde woordkeus: bezopen, lullen. Vullings, beroepsmatig uitermate gecharmeerd van min of meer gecanoniseerde schrijvers, had zelf duchtig met Bacchus geproost of hij was oprecht verbolgen over zoveel onzindelijkheid – een causaal verband is ook nog mogelijk, met alcohol als oorzaak dan wel gevolg.

Dan Christiaan Weijts, na de dood van de bezonken realist Harry Mulisch door menig recensent bestempeld als zijn opvolger. Ook hij voelde de noodzaak om op 2 november te twitteren: 'Dautzenberg doet niet aan polemiek, maar aan aandachttrekkerij in de meest lompe en stompzinnige vorm.' En: 'Ach, we vormen op twitter een soort volksjury, moeten we maar denken.'

Een schrijver die als een plichtsgetrouwe deurwaarder namens het volk bestraffende woorden spreekt richting een collega en een gerenommeerde recensent die een (nette) juryvoorzitter tot de orde roept met plebejisch geblaat. En dat naar aanleiding van mijn bijdrage aan de door De Balie, *Het Parool* en de Stichting Literaire Activiteiten Amsterdam (SLAA) op 2 november 2012 georganiseerde Avond van de Polemiek. Ook nog eens op de sterfdag van de vanwege zijn provocaties vermoorde polemist Theo van Gogh. Een behoorlijke context dus.

De reacties van rollatorkandidaat Vullings en derivaat Weijts, mensen die ergens diep in hun hart de secularisatie betreuren, zijn symptomatisch voor de brave boerenwind die door de Nederlandse Letteren waait. Daarover zo dadelijk meer, eerst nog even wat meer context.

Tweetrapsraket

De organisatie van de Avond van de Polemiek mailde mij enkele weken daarvoor met de mededeling dat ik genomineerd was voor de Scalpel 2012, een prijs voor de beste polemist. De vraag: of ik een tekst wilde schrijven en die wilde voordragen op 2 november in De Balie. De beloning: € 200. De opdracht: een polemiek ad hominem, op de man dus, in de geest van Theo van Gogh, maximaal 500 woorden. In het begeleidend schrijven werd ik uitgenodigd om het subject vooral niet te sparen.

In eerste instantie voelde ik me vereerd, maar al snel maakte dit gevoel plaats voor irritatie en uiteindelijk afkeer: ik werd uitgenodigd om tegen betaling iemand af te zeiken (mijn woorden). Dat afzeiken vind ik geen probleem, maar op verzoek? – en dat ook nog eens voor een beschamend laag bedrag. Mijn ego kwam in opstand.

Ik accepteerde de nominatie en besloot om mijn degout op 2 november duidelijk te maken in De Balie. Ik koos voor een tweetrapsraket. Ik leverde een polemiek in waarvan ik vermoedde dat die de jury zou mishagen (ha) en schreef een tweede polemiek die ik voor zou dragen en de jury zou ontstemmen (haha). Als onderwerp koos ik Tonio, de in 2010 verongelukte zoon van A.F.Th. van der Heijden, als verwijzing naar de geruchtmakende column die Theo van Gogh schreef over de dood van het kindje van Monique van de Ven en hoe zij die publiekelijk 'exploiteerde'. De tweede, uit te spreken polemiek, richtte zich op de organisatie, het schrijversgilde en op mezelf. Het liep net even anders...

Op 2 november werd ik 's middags gebeld door een journalist. Hij vroeg mij om een reactie op een bericht dat die ochtend in dagblad *Trouw* stond: de jury was 'gechoqueerd' door mijn bijdrage en overwoog om mijn tekst 'niet vrij te geven voor publicatie'. Navraag leerde dat Yoeri Albrecht, directeur van De Balie en lid van de jury, de dag daarvoor mijn tekst naar *Trouw* had doorgespeeld, zonder overleg met mij of de andere leden van de jury. Ik vroeg hem telefonisch om opheldering. Hij bekende schuld en uitte duizend verontschuldigingen. Tussen de regels door begreep ik dat ik niet meer kon

winnen. Ik besloot mijn tweetrapsraket toch te gaan afschieten – ook winnen en succes worden overschat.

Toen ik in De Balie aankwam, bleek mijn eerste polemiek (die dus niet bedoeld was voor publicatie) al op
internet te staan. Medepresentator van de avond en in-
ternetjunkie Bert Brussen wilde en kreeg een scoop.
Ik las niettemin mijn (tweede) polemiek voor.
Afgaande op het ovationeel applaus en de reacties na afloop, ook van medestrijders Joris van Casteren en Marian
Donner, sloeg mijn 'coup' in als een bom – ik blijf maar
even hangen in de wapenmetaforen, die doen het altijd
goed. Arabist Hans Jansen bereed zijn stokpaardje – de
islam is een verderfelijke godsdienst – en won.
In de pauze kwam Jaffe Vink naar me toe; hij vond
mijn bijdrage 'niet goed'. Logisch, de drukpersen van de
zaterdageditie van *Het Parool* draaiden immers al, met
de bijdrage van de vooraf gekozen winnaar. In zijn slot-
woord brandde hij mij dan ook af, wat tot boegeroep uit
de zaal leidde. (Jurylid Theodor Holman was overigens
wel zo sportief om mij te feliciteren.)

De uitgesproken polemiek

Tonio,
Overal kom ik je tronie tegen. In boekwinkels, uiteraard. In kranten en in tijdschriften, ook logisch. Op de
televisie, dat kan nog net. Maar ik zie je kop nu ook al
op treinstations, soms metershoog. En, nog veel erger,
je siert de borreltafel van overgangsvrouwen die nog
nooit een boek van je vader hebben gelezen.

Hoe vaker ik je imitatie van Oscar Wilde zie, hoe meer ik je begin te haten. Zo is het nu eenmaal. Die aanstellerige lok haar die op je gepoederde wang rust – heb je die zelf met een krultang geperfectioneerd? Die bontkraag, die zijden halsdoek, die wandelstok – gad- verdamme. Die arrogante wijsvinger die zowel talent als een hoog IQ probeert te suggereren. En vooral die ring, die oerlelijke pinkring. Vreselijk.

Ik vraag het me al langer af: zouden de mensen het boek van je vader kopen uit medelijden? Of, en nu word ik gemeen, zijn de kopers ordinaire ramptoeris- ten? Misschien zien de mensen hun aankoop wel als een amulet die ze beschermt tegen het onheil dat je ouders is overkomen? Eigenlijk kan het me ook niet zoveel schelen; wat mij irriteert, is dat ik je anachro- nistische pruikenkop overal tegenkom. Wat vind je daar eigenlijk zelf van?

[Papier verfrommelen en theatraal richting jury gooien. Uit achterzak tweede papier pakken.]

Tot zover mijn naar de organisatie gestuurde polemiek. Tonio krijgt er in het vervolg nog flink van langs, precies zoals de organisatie van deze avond mij heeft opgedra- gen: een polemiek ad hominem, in opdracht iemand afzeiken. Tegen betaling een tekst schrijven, die komen voordragen en toestemming geven voor publicatie in *Het Parool*. Trek ik van de gage de reis- en onkosten af, dan kom ik uit op een uurtarief dat bijna aan het minimumloon reikt – zijn die vijfsterrenrecensies toch nog ergens goed voor.

Nog negen andere min of meer gerenommeerde

polemisten hebben het geluk deze zak met geld binnen te halen. Als geoliede gladiatoren moeten we daarvoor in de arena met elkaar op de vuist, om het luie volk te vermaken. Door overdaad geooglapten verlangen nu eenmaal naar bloeddoorlopen... Of worden we gezien als vuurspuwende clowns die een kunstje opvoeren in een zieltogend circus?

De Nederlandse literatuur is de afgelopen decennia verworden tot onbeduidend divertissement. Neem Ronald Giphart, eens een angry young man. Hij schreef de afgelopen jaren gezellige columns over koken, en onlangs is hij in *de Volkskrant* begonnen met een nieuw project: samen met de lezers componeert hij een heuse roman, jawel. Joost Zwagerman, ook ooit een literaire rebel, leert als een zelfbenoemde kunstpaus catalogussen uit zijn hoofd en reproduceert die, al dan niet op cokesnelheid, op lucratieve podia.

Waarom in godsnaam? Het antwoord is even evident als ontluisterend: prozaschrijvers verkopen minder en minder boeken, en dat in een tijd dat het maken van (subversieve) kunst wordt bestraft door marktminnende beleidsmakers en symboolblinde politici. Willen ze van hun pen rondkomen, dan moeten schrijvers de ene na de andere knieval maken. Zoals opdraven op de Avond van de Polemiek en op bestelling gehakt maken van een BN'er, liefst een collega.

Waar is de tijd gebleven dat schrijvers vooropliepen in de strijd tegen de debilisering van de samenleving, de teloorgang van de cultuur en met rechte rug klaarstonden om de vrijheid van meningsuiting te verdedigen? Kortom, de tijd dat schrijvers nog aan-

zien hadden? We lijken alleen nog als formulebeves-
tigende marionetten van de vermaakindustrie een rol
te kunnen – en erger nog – te wíllen spelen.

Deze polemiek richt zich dus niet tegen Tonio, maar
tegen de organisatie van deze avond, tegen de deelne-
mers, tegen de lafheid van het schrijversgilde én tegen
mezelf. Ik sta hier, want mijn ambitie en ijdelheid zijn
godverdomme minder begrensd dan ik dacht. Bovendien heb ik het geld hard nodig. Dank voor de aandacht.

A.F.Th.

De dagen daarna ontving ik de nodige lapidaire scheld-
en dreigmail, mijn 'boodschap' werd blijkbaar niet be-
grepen. Van kinderen blijf je af – al zijn ze eenentwintig
en verliteratuurd.

De Volkskrant verdiepte zich in de rel en vroeg de orga-
nisatoren om opheldering. Yoeri Albrecht verontschul-
digde zich opnieuw voor het lekken van de polemiek
en noemde mijn actie 'een briljante move'. Daphne de
Heer, directeur van SLAA: 'We zullen ons als organisatie en jury beraden op een passende rectificatie.'

De rubriek Schuim van *Het Parool*: 'Anton Dautzenberg heeft een atoombom [sic] op de Avond van de
Polemiek laten vallen. [...] De coup van Dautzenberg
wordt echter niet door de jury beloond.'

Twee dagen daarna kreeg ik een mail van De Heer. Ze
geeft daarin aan dat de juryleden geen rectificatie willen
plaatsen; naar eigen zeggen wordt ze gek van de ego's.

Wel ontvang ik een aan De Balie en mij gerichte brief
van A.F.Th. De jury had volgens hem moeten besluiten
om mij van de Avond van de Polemiek te weren. Ie-

mand die, bij wijze van statement, lid wordt van pedofielenvereniging Martijn, zal volgens hem een volgende
gelegenheid aangrijpen om zijn provocaties nog verder
door te voeren, bijvoorbeeld met een staaltje lijkschen-
derij. Natuurlijk was A.F.Th. kwaad, begrijpelijk, hij had
bovendien alleen de berichtgeving in *Trouw* gelezen.

Ik schreef A.F.Th. een brief, zonder verwijten, waarin ik
de gang van zaken geduldig uitlegde. Als bijlage stuurde ik
een van de artikelen mee die ik over Martijn publiceerde.

Twee weken later schreef hij een warme brief terug.
Hij beloofde mijn requiemroman *Extra tijd* te gaan lezen – een vriend had hem daarop geattendeerd. Ook
zou hij mij zijn roman *Het schervengericht* sturen, om te
laten zien dat hij genuanceerde opvattingen heeft over
pedofilie.

Jeroen van Kan reageerde op de VPRO-site op de Tonio-
rel: 'Een wat hardhandige manier om je punt te maken,
een niet zo heel smaakvolle ook wellicht, maar de vol-
automatische verontwaardiging die losbarstte verdient
misschien ook enige nuancering.'

Wanneer een schrijver een roman publiceert, geeft hij
die daarmee in handen van het publiek. Dat kan leiden
tot kritiek.

Propria Cures publiceerde diezelfde week een botte
brief aan de overleden Tim Ribberink, de jongen die
zelfmoord pleegde omdat hij werd gepest. Als afzender
zette de redactie mijn naam eronder. Satire. Dat leidde
opnieuw tot dreigmail.

A.F.Th. stuurde mij inderdaad zijn boek, met een opdracht. In zijn roman gaat hij volgens de begeleidende
brief in op 'de misstap van Roman Polanski'. Op de cover pronkt een jonge nimf in een strandstoel: jaar of
dertien, verleidelijke pose, bikini, grote zonnebril (elfde
druk, 2010).

Tot zover Tonio.

Nee wacht, een factchecker roept mij tot de orde. En
hij heeft gelijk, ondanks zijn te hippe voorkomen.

De tweetrapsraket had ik weliswaar vooraf gepland,
maar er zat wel een kern van waarheid in mijn eerste
versie. Ik erger me aan het feit dat de best verkochte
boeken van grote auteurs als Thomése en A.F.Th. een
dood kind(je) als onderwerp hebben. Dat is geen verwijt aan de auteurs, maar aan het publiek dat smult van
waargebeurd verdriet (en aan de critici die zich bij zo'n
delicaat onderwerp vleugellam verklaren). En dat noem
ik toch een vorm van ramptoerisme.

Wat er precies in mijn eerste bijdrage stond?

Zoek maar op internet.

Flauw?

Jammer dan.

Martijn

'De meest vieze gastbijdrage ooit.' Zo keilde het oudste Nederlandse studentenblad *Propria Cures* in 2010 mijn verhaal 'Suikerfeest' aan. De redactie besloot het wel te plaatsen, maar nam er tegelijkertijd afstand van: het is een gastbijdrage en het is vies. Dat het publiek het weet. Een interessante spagaat.

'Suikerfeest' is een liefdevol verhaal over seks tussen een volwassen man en een meisje van dertien. En daarmee het meest schandalige dat in het 125-jarige bestaan van het recalcitrante *PC* is verschenen... *Propria Cures* is Latijn voor 'bemoei je met je eigen zaken', wij bepalen zelf onze mores. Ach, het zijn maar woorden.

'Suikerfeest' publiceerde ik vervolgens op de site Frontaal Naakt. 'Het meest walgelijke stuk dat ooit op internet is verschenen,' schreef internetsite *Het Vrije Volk*. Iemand diende vervolgens bij het Meldpunt Kinderporno een aanklacht tegen mij in. De klacht werd niet ontvankelijk verklaard: het betrof een verhaal. Enkele maanden later verscheen 'Suikerfeest' in mijn debuutbundel *Vogels met zwarte poten kun je niet vreten*. Ewout Kieft in *NRC Han-*

delsblad: 'Een puntgaaf verhaal.' Ook *Trouw* prees het.

'Suikerfeest' is niet alleen een sterk autobiografisch en lekker geil verhaal, geschreven met de hand op, nee ín de gulp, het is bovendien een aanklacht tegen de heksenjacht op pedofielen – inmiddels uitgegroeid tot dé volkshobby. Bovendien had ik als gimmick alle filmtitels van Roman Polanski in het verhaal verwerkt en de hoofdpersoon de naam Alfred gegeven, het meest naïeve personage dat ooit door de regisseur is opgevoerd (en door hemzelf vertolkt in *The Fearless Vampire Killers*) – de befaamde rechtsgang tegen de verguisde filmregisseur beleefde in die tijd zijn kookpunt. Niemand die het opmerkte.

De ongenuanceerde hetze tegen pedofielen begon mij meer en meer te ergeren; met massaverontwaardiging is in mijn ogen per definitie iets mis. Ik verdiepte mij in de materie en in de zomer van 2011 besloot ik lid te worden van pedofielenvereniging Martijn, actief lid: ik bezocht vergaderingen, ging met de leden in gesprek en adviseerde het bestuur.

Zo speelde ik een rol bij het afzetten van de wegens kinderporno veroordeelde Ad van den Berg als voorzitter. Ook vertegenwoordigde ik de vereniging richting pers en in de Assense rechtbank. Bovendien publiceerde ik verschillende artikelen op internet, in *de Volkskrant*, *NRC Handelsblad* en *De Groene Amsterdammer*. Die laatste, omvangrijke publicatie, verscheen aan de vooravond van de uitspraak van de rechter. Het Openbaar Ministerie had een civiele rechtszaak aangespannen om Martijn te verbieden – het strafrecht bood na jaren van intensief onderzoek geen mogelijkheden.

Wat een bof, dromen is tof

De tekst zoals ik die publiceerde in *De Groene Amsterdammer*, op 14 juni 2012, aan de vooravond van de rechtszaak (*Vrij Nederland* wilde de tekst niet plaatsen):

Het Openbaar Ministerie wil Vereniging Martijn via het civiele recht verbieden. De aanklacht: verstoring van de openbare orde en goede zeden. Op 16 mei diende de zaak voor de rechtbank Assen. Schrijver A.H.J. Dautzenberg, protestlid van Martijn, was erbij. De rechter doet op woensdag 27 juni uitspraak.

'Een kind weet dat zijn pop niet echt is, en toch behandelt het die als echt, het huilt er zelfs dikke tranen om wanneer hij stukgaat.' Een observatie van de Portugese schrijver Fernando Pessoa, opgetekend in zijn postuum verschenen magnum opus *Het boek der rusteloosheid*. Het vermogen om tegen beter weten in te doen alsof iets waar is, Pessoa koppelt het aan de jeugdige onschuld. Een tikkeltje naïef, want ook volwassenen weten er best raad mee. Politici liegen voortdurend de waarheid – luister naar Maxime Verhagen, Mark Rutte of Henk Bleker. Ook de pers laat zich regelmatig meezuigen door emoties in plaats van feiten. Bij een onderwerp als pedofilie bijvoorbeeld.

De ouders van een misbruikt kind deden in 2010 aangifte tegen Vereniging Martijn. Zij waren van mening dat de pedofielenvereniging tips had gegeven aan de dader, hun buurman, die eerder was veroordeeld voor moord. Het OM en in tweede instantie het Hof Leeuwarden verwierpen de klacht. Er was geen enkele aanwijzing dat Martijn iets te maken had met het misdrijf. Sterker nog, de aangifte was gebaseerd op een leugenachtige verklaring uit 1991 (!) van de dader. Zijn eigen advocaat noemde hem een fantast. Tot zover de feiten.

Tips en tricks

Enkele Kamerleden bleven na de uitspraak publiekelijk herhalen dat Vereniging Martijn tips had gegeven aan de dader. Tijdens het debat over de pedofielenvereniging op 29 november 2011 corrigeerde minister Ivo Opstelten de Kamerleden als volgt: 'Mevrouw Arib (PvdA) en mevrouw Gesthuizen [hij bedoelde mevrouw Van Toorenburg, CDA] hebben gesproken over de *tips* en *tricks*, gegeven door Martijn. Wij horen dat vaker. Dat berust echter op een misverstand. Ik moet dat in alle eerlijkheid zeggen. Ik geef de feiten weer. Ik heb dit bij het Openbaar Ministerie laten navragen. [...] De politie en het Openbaar Ministerie hebben nooit dergelijke aanbevelingen of tips in enige publicatie aangetroffen of in hun *checks* kunnen constateren.' Opstelten benadrukte bovendien dat de verdachte geen lid is van Martijn, en dat ook niet is geweest.

De media voelen zich ondanks de uitspraak niet geremd om de ouders, samen met letselschadeadvocaat Yme Drost, uit te nodigen wanneer Vereniging Martijn in het nieuws is. Vooral bij de christelijke omroepen zijn ze meer dan welkom. Tijdens de rechtszaak op 16 mei jl. zaten ze opnieuw gedrieën op de publieke tribune. Wat bleek? *EenVandaag* volgde het stel en gebruikte hun verhaal om de rechtszaak te duiden. Eén: hun verhaal is door het OM, Hof en minister afgeschoten. Twee: hun 'verhaal' heeft niets, maar dan ook niets te maken met de rechtszaak die in Assen diende.

Na afloop van de rechtszaak in Assen zou Martijn-advocaat Bart Swier de pers te woord staan, inclusief *EenVandaag*. Omdat zijn gezin de avond ervoor bedreigd was, wilde hij op 16 mei niet meer voor de camera verschijnen. In zijn plaats stond ik de pers te woord, inclusief een televisieploeg van *EenVandaag*. 's Avonds wijdde de actualiteitenrubriek inderdaad een item aan de rechtszaak. Het openingsshot was meteen raak: de twee ouders liepen met hangende schouders en dito mondhoeken recht op de camera af. Vervolgens een close-up van de vrouw: 'Wij gaan door tot Vereniging Martijn verboden is.' Daarna volgden activistische woorden van hun letselschadeadvocaat Yme Drost. Het interview met mij kwam in het item *niet* aan bod.

's Avonds zou ik ook aanschuiven bij *Knevel en Van den Brink*. De dag ervoor was ik benaderd door de redactie. Of ik in de uitzending met Yme Drost wilde debatteren over de rechtszaak. Verbaasd antwoordde ik dat Drost niets met de rechtszaak te maken heeft. Jawel, zei de redacteur, Drost en zijn cliënten hebben samen met het OM de zaak voorbereid; Drost zal ook spreken in Assen. Ik antwoordde dat ik de avond na de rechtszaak graag publiekelijk met Drost wilde debatteren, maar dat hij toch echt geen rol speelde bij de rechtszaak. De redacteur hield vol, hij had met Drost gesproken et cetera.

De dag erna, enkele uren na de rechtszaak, belde de redacteur me op. Het debat tussen mij en Drost ging niet door, 'we hebben al te vaak aandacht besteed aan het onderwerp pedofilie'.

Ongedierte

Pedofilie is de afgelopen jaren uitgegroeid tot taboe nummer één in Nederland. Opgeschrikt door enkele grote zedenzaken keert ons land pedofielen massaal de rug toe. Praten over het onderwerp is bijna onmogelijk geworden, genuanceerd praten zelfs gevaarlijk. Alle angst en haat keert zich voornamelijk tegen Vereniging Martijn, de belangenclub die al meer dan dertig jaar bestaat. Van hoog tot laag klinkt de roep om de vereniging te verbieden. Dat het daarbij meer om emotie dan om feitelijkheden draait, lijkt vrijwel iedereen voor lief te nemen. Pedofilie is vies, die kinderverkrachters moeten koste wat het kost weg.

Nadat ik lid was geworden van Martijn, probeerde ik in gesprek te komen met Kamerleden over het onderwerp. Geen reactie. Ook nadat ik vanwege mijn steun aan Martijn als journalist was ontslagen door de *Financial Times* en de pers daar uitgebreid aandacht aan had besteed, zocht ik contact: opnieuw geen reactie. Ook met andere leden van Martijn hebben de Kamerleden niet gesproken. En toch hebben ze een duidelijke mening over de club.

Enkele citaten van Kamerleden, al dan niet gedaan tijdens het door een handtekeningenactie van volksheld Henk Bres afgedwongen Kamerdebat van 29 november 2011: Tofik Dibi (GroenLinks): 'De Vereniging Martijn is een vereniging van vieze mannetjes, met gore standpunten, die walging en weerzin opwekken. [...] Mijn onderbuik zegt: sluit ze op en gooi de sleutel weg.' Madeleine van Toorenburg (CDA): 'Dat zo'n walgelijke vereniging kan bestaan.'

Pieter Omtzigt (CDA) heeft het in zijn tweets regelmatig over de *slachtoffers* van Martijn. De slachtoffers. De politie en het OM hebben tien jaar lang onderzoek gedaan naar

Martijn en geen strafbare feiten kunnen constateren, vandaar een civiele procedure. Geen slachtoffers dus. Althans niet onder minderjarigen; onder de leden van Martijn vallen door de heksenjacht op pedofielen regelmatig de nodige (onschuldige) slachtoffers, maar daar hoor je de politici niet over.

Een paar maanden geleden was ik te gast in het live uitgezonden KRO-programma *Debat op 2*. Tegenover mij zaten (uiteraard) Yme Drost en zijn echtpaar, maar ook een verbitterde pedojager, tegenwoordig een gerespecteerd beroep. De vrouw riep dat pedofielen ongedierte zijn, ongedierte dat vernietigd moet worden. Naast haar zat Pieter Omtzigt met een uitgestreken gezicht. Hij reageerde niet op de in mijn ogen fascistische uitspraak, ook niet toen ik hem daar nadrukkelijk om verzocht, tot drie keer toe... Vervolgens opperde ik dat het wellicht een goed idee was om pedofielen een gele P op te naaien en in een kamp te stoppen. De pedojager werd helemaal enthousiast. Opnieuw vroeg ik Kamerlid Omtzigt om te reageren. Stilte. Een oorverdovende stilte. De avond erna belde hij me thuis op. Kwaad. Briesend.

Wellicht voelde hij zich gesteund door VVD-minister Ivo Opstelten. Die sprak tijdens het debat op 29 november vanaf het (s)preekgestoelte expliciet de hoop uit dat de rechtbank tot een verbod zou komen. Op zijn minst curieus. Een minister mag zijn mening helemaal niet geven over een zaak die nog onder de rechter is; scheiding der machten is (was?) in de Nederlandse rechtsstaat een groot goed. Daarmee onderstreepte hij bovendien dat zijn corrigerende woorden richting Arib en Van Toorenburg louter voor de bühne waren.

De VVD. Begin jaren tachtig klopte de partij nog regelmatig aan bij Vereniging Martijn (opgericht in 1982) om te praten over het onderwerp pedofilie. Toenmalig minister Korthals Altes diende in 1986 een wetsvoorstel in om de leeftijdsgrens van het verbod op seksuele handelingen te verlagen van 16 naar 12 jaar, onder invloed van verschillende wetenschappelijke onderzoeken die aantoonden dat seks met minderjarigen niet schadelijk hoeft te zijn. De PvdA steunde de liberalen. Ook de Jonge Socialisten en de JOVD, de politici van nu, ondertekenden in 1986 een petitie voor de wetswijziging. Tijden veranderen, zeker, maar we moeten niet vergeten dat de wortels van Martijn in de beginjaren de nodige voeding kregen van de (liberale) politiek, in het bijzonder van de VVD.

Ook de schrijvende pers bericht vaak ongenuanceerd over pedofilie. 'Pedofiele schrijver steunt kinderverkrachters' kopte *De Telegraaf* op zijn website nadat ik als niet-pedofiel protestlid was geworden van Martijn. 'Dautzenberg geeft Marthijn Uittenbogaard, voorzitter van de Vereniging Martijn, een massage' luidde het onderschrift bij een foto in de ochtendkrant *Spits*. Tijdens een persconferentie in Nieuwspoort liep ik achter Uittenbogaard langs om te gaan zitten. Onder het lopen legde ik mijn handen even op zijn schouders. Klik! Een massage…

Tot op de dag van vandaag plaatsen media bij berichten over Martijn en/of pedofilie een foto van Ad van den Berg, de voormalige voorzitter van Martijn, die in de gevangenis een straf uitzit voor het bezit van kinderporno. Steeds hetzelfde plaatje: Ad achter zijn pc, het slechte gebit duidelijk te zien. Zo ziet een pedofiel er dus uit, dames en heren! Dat Ad door de vereniging een halfjaar geleden is afgezet als voorzitter, staat er meestal niet bij. Dat past niet in het plaatje.

150 000

Een kinder- en jeugdpsychiater mailde mij eind 2011 het volgende: 'Dank voor uw bijdrage aan de zoektocht die we als samenleving moeten doen. Geen onzinnige zwart-wit mening, maar een genuanceerd verhaal.' Ik kreeg meerdere steunbetuigingen uit die hoek. De afzenders zeiden er wel bij dat zij hun mening niet publiekelijk durfden te geven, bang voor represailles...

Laten we de feiten eens op een rijtje zetten: in Nederland wonen naar schatting 150 000 (!) mensen met pedofiele gevoelens, daar zijn de onderzoekers het over eens – circa 60 daarvan zijn lid van Martijn. Nog een punt van consensus: het overgrote deel van de pedofielen zal nooit een kind misbruiken. Sterker nog, meer dan 70 procent van de misbruiken vindt plaats binnen het gezin – zogenoemde gelegenheidspedoseksuelen. Daarnaast scoren geestelijken (dankzij het celibaat) behoorlijk hoog.

Gezinnen zijn in ons land echter heilig, en kerken... Er is sinds het onthullende rapport van de commissie-Deetman nog geen enkel kerkraam gesneuveld. Martijn-voorzitter Marthijn Uittenbogaard (geen strafblad) wordt in zijn woonplaats Hengelo bijna voortdurend belaagd (zie kader op p. 36). De burgemeester keurde deze acties niet publiekelijk af, in de plaatselijke krant gaf hij zelfs aan dat hij het spijtig vond dat iemand als Uittenbogaard in zijn gemeente woont. Wat is dat toch? Van (het aansluiten bij) een pedofielenvereniging gaat een preventieve werking uit. En toch steken we liever de kop in het zand.

Inger Leemans, hoogleraar Cultuurgeschiedenis aan de VU, sprak ik na afloop van de rechtszitting in Assen. Ze had een verklaring voor de hetze. In een periode dat er langere tijd economische of sociale onrust is, heeft het volk behoefte om zich opnieuw moreel te ijken. Collectief. Dat leidt tot zondebokken, tot een sanitair ventiel om de agressie en onrust te laten ontsnappen. Op die manier ontstaat er weer zelfvertrouwen, of iets wat daarop lijkt.

Ik weet niet of dat de enige verklaring is, zelf denk ik dat we het kind politiseren. Als het laatste symbool van de onschuld tillen we het in deze bezoedelde tijden boven onze hoofden, een poging om 'onze toekomst' veilig te stellen – of in elk geval richting te geven. Het kind als richtingaanwijzer.

Leemans wees mij ook op een ontwikkeling die al enige tijd gaande is binnen de academische wereld. Onderzoekers mogen alleen nog promoveren op het onderwerp pedofilie als hun onderzoek een directe link heeft met behandelmethoden. Verschillende wetenschappers zijn in het verleden in de problemen geraakt, omdat ze in onderzoeken aantoonden dat pedoseksuele contacten *niet altijd* schadelijke effecten teweegbrengen. Bij het onderwerp pedofilie schieten *alle* bevolkingslagen in een kramp.

En onder, of beter gezegd: dankzij dit gesternte begint het OM een civiele rechtszaak tegen Vereniging Martijn.

In 2011 sneuvelde dit voornemen nog na een lange voorbereiding. Op 18 juni concludeerde het OM na intensief onderzoek dat het verbieden van Martijn niet mogelijk is. Het verwees daarbij ook naar een onderzoek van de landsadvocaat. Minister Opstelten in zijn brief aan de Tweede

Kamer d.d. 5 september 2011: 'Recent is alles wat over de vereniging bekend was opnieuw tegen het licht gehouden. De op dat moment beschikbare informatie, leverde ook in onderling verband bezien, geen verdenking op ter zake van door de vereniging gepleegde strafbare feiten. Het OM heeft toen onvoldoende aanknopingspunten gevonden voor een succesvol verzoek van verbodenverklaring op grond van art. 2:20 BW.'

Op 22 november 2011 herhaalde de minister dit standpunt in een andere brief aan de Tweede Kamer. Twee dagen na deze brief koos het OM voor een ommezwaai. Er zijn weliswaar geen nieuwe feiten gevonden, maar volgens de kort daarvoor nieuw aangetreden voorzitter van het College Procureurs-Generaal, mr. Bolhaar, is er sprake van 'voortschrijdend inzicht'. Minister Opstelten is iets duidelijker in zijn argumentatie. In de Tweede Kamer zegt hij: 'Gelet op het gevoel in de samenleving vond het College PG nu dat de weg naar het Burgerlijk Wetboek kon worden gevonden.' Het gevoel in de samenleving. Hij bedoelde het *onderbuik*gevoel.

Een maandje Mart(h)ijn
Zomaar een maandje bij Marthijn Uittenbogaard (geen strafblad) in Hengelo:
04-07-2011 Demonstratie voor ons huis van 150 man. Kiezelstenen tegen ruiten gegooid, pedo op deur geverfd en op garagedeur, tegen ruiten gebonkt, lantaarntje uit voortuin gesloopt, met olie lantaarntje op ruit: pedo.
XX-07-2011 Eieren tegen de ruiten.

XX-07-2011 Partner wordt buiten bedreigd door agressieve man.

09-07-2011 (22.00) Ruit garagedeur stuk gegooid. Branden-de sigaret door brievenbus garage gegooid. Tijdens kijken schade boze man die Uittenbogaard klap in gezicht geeft. We kunnen snel naar binnen en deur dichtduwen terwijl de man aan de andere kant duwt.

16-07-2011 (01.00) Roze verf tegen gevel en ruit woning ge-gooid. Door brievenbus ammoniak naar binnen gegoten. Tomaat gegooid. Steen gegooid.

16-07-2011 (01.15) Schelden en schop tegen deur. Politie heeft namen groepje genoteerd.

17-07-2011 (02.13) Bankje voor het huis als stormram ge-bruikt tegen ruit en bierflesje gegooid.

17-07-2011 (05.30) Steen door ruit en bierfles gegooid. Paar minuten na gooien steen: dader fietst lachend voorbij.

17-07-2011 (13.00) Bedreiging op straat.

19-07-2011 (15.28) Groepje allochtonen gooit ei tegen ruit.

22-07-2011 (23.42) Steen door voorzetruit gegooid.

28-07-2011 (01.31) Twee stoeptegels door ruit gegooid. Vloer beschadigd.

31-07-2011 (04.10) Zware standaard van een rood-witte ver-keerspaal door ruit en verkeersbord aan paal achtergela-ten.

31-07-2011 (05.45) Iemand roept hard 'kankerpedo' en ie-mand belt aan.

01-08-2011 (nacht) Drie jongens gooien elk een baksteen door de ruiten.

02-08-2011 (nacht) Vijf jongens gooien elk een baksteen

door de ruiten. Ruit van de voordeur compleet verwoest, deur zelf ook kapot. Ruit voorkant huis kapot en kunststof kozijnen kapot. Vloer in gang beschadigd.

(Fritz Langs visionaire meesterwerk *M, eine Stadt sucht einen Mörder* uit 1931 is realiteit geworden: het gepeupel neemt het recht in eigen hand.)

Het bah-gehalte

De gang naar de rechter werd dus ingezet. Het OM moet aannemelijk maken dat (de werkzaamheden van) Vereniging Martijn in strijd is met de openbare orde. Zowel in het verzoekschrift als in het requisitoir van 16 mei beweert het OM dat Vereniging Martijn een ernstig gevaar oplevert voor de kinderen in Nederland. De vereniging heeft weliswaar geen strafbare feiten gepleegd, maar 'het gedachtegoed en de wijze waarop dit wordt geuit moet als een ernstige bedreiging voor de lichamelijke en seksuele integriteit van het kind worden gezien'. Het doelt daarbij hoofdzakelijk op de website van de vereniging. Het OM typeert de site als 'een subcultuur waarin seksuele relaties tussen volwassenen en kinderen worden vergoelijkt en zelfs verheerlijkt'.

Sinds de oprichting in 1982 archiveert de vereniging alles wat er op het gebied van pedofilie verschijnt. Ook het ledenblad uit de beginjaren is gedigitaliseerd en voor iedereen toegankelijk. Wetenschappelijke publicaties, lezersbrieven, verhalen, interviews, het archief is veelomvattend. Er staan ook de nodige artikelen op die duidelijk 'antipedofiel' zijn, onderzoeken die schadelijke gevolgen van pedoseksuele handelingen benadrukken. Het archief omvat inmiddels tienduizenden citaten.

Het OM heeft de teksten en afbeeldingen op de site getoetst aan het zogenaamde bah-criterium. Zoals gezegd zijn ze niet als kinderporno aan te merken, maar krijgen ze als beoordeling een hoog of laag bah-gehalte. Niet alleen uiterst subjectief, maar ook volstrekt ongeloofwaardig. Bovendien dateren vrijwel alle door het OM als *bah* geclassificeerde afbeeldingen en teksten uit begin jaren tachtig, de tijd dat er een andere (liberale) wind door Nederland waaide. Een voorbeeld van een door een lezer ingezonden gedicht dat het OM classificeert met een *hoog* bah-gehalte:

Ik zou maar wat graag
In een bootje met je varen
Je minnen
Je kussen
Je lichaam tegen mij
Ik streel in mijn dromen
Overal waar ik wil komen
En jij vindt het fijn
Gedachten zijn vrij
Het is een cliché
Maar wat ik net schreef
Is slechts een kans op honderd
Realiteit
We leven in een wereld
Waar zo'n dingen niet kunnen
Maar gelukkig

Wat een bof
Dromen is tof
En t kan geen kwaad

Volgens het OM wordt in dit gedicht de liefde voor kleine jongetjes verheerlijkt. 'Wat een bof/ dromen is tof.' Nee, zegt het OM, dromen vormt een ernstig gevaar voor de kinderen in Nederland. Het OM bekritiseert ook een op de website geplaatste recensie (opnieuw uit de jaren tachtig) waarin een boek van Kees Verheul wordt besproken. In de recensie is een expliciete pedoseksuele passage uit het boek opgenomen, volgens het OM: 'kennelijk bedoeld om seksueel te prikkelen'. Bij een recensie van een boek van senator Brongersma schrijft het OM: 'expliciet citaat, goed bruikbaar in verzoekschrift'.

Op de site van Martijn staan de nodige expliciete teksten, maar nergens is er volgens het OM sprake van kinderporno. Ze zijn alleen maar bah. Tijdens de rechtszaak in Assen las de officier van justitie zo'n passage voor. Over een jongetje dat gaat kamperen en wordt verleid door een volwassen man. De officier sprak de tekst uit alsof ze iets smerigs had gegeten. Ik probeerde niet te lachen. Veel romans en gedichten van de winnaar van de P.C. Hooft-prijs (1969), de Prijs der Nederlandse Letteren (2001) en meermaals koninklijk onderscheiden (1974, 1993) schrijver Gerard Reve zijn een stuk expliciter; moeten die nu vanwege een *hoog bah-gehalte* uit de schappen worden gehaald? Sinds wanneer zijn gedachten niet meer vrij? Iedereen heeft recht om te dromen, fantaseren en verlangen – en mag daar verslag van doen.

Niet alle voorzitters van Martijn hebben het in het verleden bij dromen gelaten. *RTL Nieuws* berichtte op 21 juni 2011 dat acht voormalige bestuursleden zijn veroordeeld voor zedendelicten. Dat leidde tot veel onrust. Dat blijken er in de praktijk minder te zijn. Drie, concludeert Bart Swier in zijn verweerschrift. In de Tweede Kamer zitten op dit moment meer mensen met een strafblad (negen, onder wie zeven van de PVV) dan er in dertig jaar in het bestuur van Martijn hebben gezeten. Dat neemt niet weg dat de vereniging eind 2011 heeft besloten niet langer leden met een strafblad toe te laten tot het bestuur. Misschien kan de Kamer, ook een vertegenwoordigend orgaan (wat heet), daar een voorbeeld aan nemen. Voortschrijdend inzicht, zeg maar. Overigens heeft het OM geconcludeerd dat de antecedenten van de voormalige bestuurders niet aan de vereniging zijn toe te schrijven.

Robert M.

Nog een donker gesternte: de zaak-Robert M. Misschien wel de ernstigste ontuchtzaak ooit in Nederland. De afgelopen maanden zaten de pers en de politiek er met de neus bovenop. Kamerlid Arib (PvdA) legde publiekelijk een verband tussen de zaak en Vereniging Martijn. De politie en het OM konden geen enkele link vaststellen. Maar opnieuw was het kwaad al geschied. De onrust groeide. Henk Bres kreeg overal een platform om zijn pedohaat te spuien en haalde ondertussen handtekeningen op om de vereniging te laten verbieden. Giel Beelen, als dertiger een relatie begonnen met een minderjarige, gebruikte zijn (publieke) zendtijd om mensen op te roepen de petitie te ondertekenen.

Henk Bres (met strafblad) lijkt als voormalig eigenaar van

een seksclub en presentator van een pornoprogramma niet de meest aangewezen figuur om het moreel geweten van Nederland te vertegenwoordigen. De pers bekritiseerde hem echter nauwelijks. In een uitzending van *Knevel en Van den Brink* mocht hij zijn verhaal vertellen. Hij zei onder meer dat meiden van twaalf, dertien er tegenwoordig best lekker uit zien. Beide presentatoren reageerden vreemd genoeg niet op deze uitspraak. Zij waren zichtbaar blij met zijn initiatief.

Dat het OM onder de grote druk is gaan zwalken, is enigszins te begrijpen. 'De Vereniging vormt een bedreiging voor of is gericht op het toebrengen van schade aan de lichamelijke en psychische gezondheid en integriteit van het kind', luidt het in het pleidooi van officier van justitie mevr. De Meijer. 'Het gaat in deze niet om de vraag of de Vereniging Martijn de maatschappij ontwricht, maar om de vraag of dat het geval is als datgene wat zij propageert, wordt nagevolgd.' Dat 'propageren' is op zich al tendentieus, de aanname 'stel dat' is ronduit boterzacht.

De rechter zal hier terecht geen boodschap aan hebben en Martijn niet (kunnen) verbieden. De vrijheid van meningsuiting en van vereniging is een groot goed. De vereniging vormt al ruim dertig jaar een plek waar mensen met pedofiele gevoelens met elkaar kunnen spreken. Martijn benadrukt bovendien in al haar uitingen dat haar leden zich aan de wet moeten houden (het OM noemt dit 'een uiterst zwakke waarschuwing – als het al een waarschuwing is'). De vereniging wil weer meedoen aan de openbare discussie over pedofilie, in de meest brede zin van het woord. En dat mag, ook juridisch. Het Europees Hof voor de Rechten van de Mens, in 2003: 'In het kader van de vrijheid van meningsuiting zijn zelfs uitlatingen die kwetsen, choqueren en verontrusten toelaatbaar.'

Hoe zal het Europees Hof de recente dreigementen van Bres en consorten beoordelen? Verliest het OM de zaak, dan nemen zij naar eigen zeggen het recht in eigen hand. Ze gaan met twee bakstenen op pad om die viezeriken zelf wel eventjes te castreren. Volgens de informatie van Vereniging Martijn circuleren er al lijsten met mogelijke doelwitten op internet. Geen enkele bestuurder die er iets van zegt, laat staan deze razzia afkeurt.

De uitspraak

Op 27 juni werd Martijn tegen de verwachting in door de rechtbank verboden. 'De vereniging is in strijd met de openbare orde en goede zeden.' Volgens de rechter verheerlijkt de vereniging seksuele contacten tussen volwassenen en kinderen. Daarmee brengt zij de rechten van kinderen in gevaar. Martijn moet meteen worden ontbonden en de site moet uit de lucht, ongeacht een eventueel hoger beroep.

De pers reageerde gelaten op het vonnis. Te gelaten, vond *NRC*-Ombudsman Sjoerd de Jong in zijn column op 17 augustus 2012: 'Op 27 juni verbood de rechtbank in Assen de vereniging Martijn, die de belangen van pedofielen wil behartigen. Dat was opmerkelijk nieuws, maar de krant wijdde er geen commentaar aan. Nu hoeft dat ook niet bij elke nieuwsgebeurtenis, maar bij deze zou je het juist wel verwachten.

In een eerder hoofdredactioneel commentaar, voorafgaand aan de rechtszaak (*Hou Martijn boven de grond*, 18 juli 2011), had de krant een verbod op de vereniging namelijk ontraden. Motivering: "Het is mensen niet verboden om er abjecte denkbeelden op na te houden en ook niet om zich op basis daarvan zichtbaar in de statuten te verenigen." Dat lijkt geheel in lijn met de liberale beginselen van de krant: het gaat tenslotte om de daden. Bovendien was er het bekende pragmatische argument: een verbod jaagt zo'n club ondergronds.

Maar de rechter zette de krant voor het blok door juist de wóórden van de vereniging aan te merken als daden – en dan heb je reden genoeg voor een verbod. In juridisch, maar ook taalfilosofisch opzicht een interessant vonnis.'

De Volkskrant hield zich eveneens op de vlakte. Dat met het vonnis een omvangrijk archief met relevante teksten uit de lucht werd gehaald, riep blijkbaar geen vragen op. Een paar maanden later startte de krant met de uitgave van een reeks in het verleden verboden boeken, met onder meer *Lolita* van Nabokov. Ook *de Volkskrant* vindt blijkbaar dat pedofilie wel in de literatuur (van toen) mag opduiken, maar niet in de werkelijkheid (van nu).

Vereniging Martijn heeft tegen de uitspraak bezwaar aangetekend. Het hoger beroep dient op 7 maart 2013, bij het Hof Leeuwarden.

De persoonlijke gevolgen

Op 2 juli 2011 meldde ik me aan als lid van Vereniging Martijn. Ik deed dat dus uit protest tegen de heksenjacht op pedofielen. Ik verdedigde daarmee de vrijheid van meningsuiting en vereniging. Ook wilde ik laten zien dat pedofielen geen monsters zijn, maar mensen met wie je kunt praten, afspraken kunt maken.

Mijn lidmaatschap kwam me op de nodige (doods)-bedreigingen te staan. Die bundelde ik samen met de bedreigingen aan Martijn in de poëziebundel *Smerig gezwel wat je bent*, om geld op te halen voor een advocaat voor Martijn. De meeste bedreigingen waren anoniem. Henk Bres schreef na de uitzending van *Debat op 2* wel openlijk in het Haagse weekblad *De Posthoorn*: 'Normaal ben ik echt heel makkelijk en niet gauw boos te krijgen, maar ik vind dat deze soeplul nooit meer mijn naam in zijn mond mag nemen of opschrijven want anders ga ik toch misschien effe met hem praten en er voor zorgen dat hij zijn Kerstdiner door een slangetje krijgt.'

Alleen de website Frontaal Naakt bekritiseerde Bres en *De Posthoorn*. De redactie van *Debat op 2* reageerde niet, ondanks mijn verzoek. Presentator Arie Boomsma vertelde mij later dat de redactieleden bang waren voor Henk Bres.

Vrijwel alle bedreigingen ademden sadisme ('we gaan jullie lekker branden'), seksisme ('ik snij je penis eraf en stop die dan in je reet'), nationalisme ('ons land', 'onze waarden', 'onze cultuur'), Hagenisme ('je komt den haag niet in en dat namens alle supporters van ado den haag'), medische kennis ('je bent ziek') of een curieuze combinatie daarvan.

Ze zouden jullie moeten behandelen
als radioactief afval
Minstens 1 meter beton tussen jullie
en mensen
In een diepe put opslaan en 1000 jaar
niet meer tevoorschijn halen

Of simpelweg een nekschot
Kan ook

Regelmatig ook beriepen de taalhooligans zich op het gedachtegoed van wijlen Pim Fortuyn. Blijkbaar zijn ze vergeten dat het kale orakel in interviews trots vertelde dat hij Marokkaanse jongetjes neukte. Zijn met een geaffecteerde stem gedebiteerde 'Ik word minister-president van dit land' won erdoor aan zeggingskracht.

46

Het spel is uit. Geniet maar
van je laatste dagen
Ik zou maar snel onderduiken, we pakken
ook jou
Geloof maar
dat je snel onder de grond ligt
er staat een prijs op je hoofd
ik heb al 50 deel opdracht
We gaan jullie uitroeien
al moeten het er 60 000 zijn
Smerig gezwel
wat je bent

De tijdgeest is een grillig spook. In de jaren zestig en zeventig verklaarde Gerard Reve de liefde aan jongetjes met stoute billen en een blond vossenhol. Hij won (terecht) de Prijs der Nederlandse Letteren – al was zijn partner, die in opspraak was omdat hij een buurjongetje had gevraagd zijn pielemuisje te laten zien, bij de ceremonie niet welkom. De tijdgeest vond het weer nodig om een nieuw masker op te zetten. Of nieuw, we keren terug naar de jaren vijftig. De pedofiele schrijver Jan Hanlo werd indertijd fel bekritiseerd en uiteindelijk gecastreerd. Hij stierf hoogstwaarschijnlijk als maagd.

'Neuk je eigen kinderen.' Ook een passage die regelmatig opdook in de hatemail. Het interesseert de mensen dus niet wat je met je eigen kind doet, als je maar van hún kinderen afblijft. En dat terwijl het aantal slachtoffers van incest vele malen hoger is dan dat van pedoseksuelen.

Wie aan kinderen raakt beschouw ik
als vuil
En wat doen we met afval?
Verbranden
Als ik jullie soort tegenkom, niet ik
jullie ogen dicht en snij jullie
vingers af met een broodmes
Vervolgens plas ik jullie keihard vol

Omdat de in goedkoop frituurvet gedrenkte pijlen van de pedohaters gaandeweg meer en meer mijn familie raakten, voelde ik me genoodzaakt om te stoppen met mijn actieve betrokkenheid bij Martijn. Triest dat je in Nederland blijkbaar niet kunt opkomen voor een controversiële mening zonder dat daar een volksgericht aan te pas komt, een tribunaal dat wordt gevoed en gemanipuleerd door de politiek en de pers.

Ik ben B... V.........
Ik woon in Terwolde
Ik heb een pistool met 10 kogels

Bij mijn uitgever kwamen ook bedreigingen binnen. Met leuzen bekladde boeken van mijn hand werden door de brievenbus gegooid.

Ook collega's hekelden mijn actie.

Joost Zwagerman in *de Volkskrant*: 'Onnavolgbaar was zijn van de daken geschreeuwde besluit om, hoewel zelf geen pedofiel, lid te worden van Martijn. [...] Een prozacje op zijn tijd zou een hele opluchting betekenen voor Dautzenberg. [...] Terwijl ik dit schrijf is hij vermoedelijk druk bezig de Nederlandse Vereniging van Satanisme op te richten.'

En op website *De Contrabas* probeerde hij mij de palmtak van het martelaarschap in de maag te splitsen: 'Dautzenberg is een opgepijpte martelaar.'

Bouke Vlierhuis op zijn site: 'Martijn is een nare club en Dautzenberg naar iedere gangbare standaard knettergek.'

Jan van Mersbergen op zijn site: 'Pedofielen kunnen beter rustig blijven. Helaas geven zij er de voorkeur aan te schermen met het grote goed van de vrijheid van meningsuiting, net als Dautzenberg.'

David Pefko op *De Contrabas*: 'Het zijn allemaal spelletjes om op een verkeerde manier in de aandacht te staan. [...] Nou ik moet het nog zien, Dautzenberg, net als je lidmaatschapskaart en over een jaar eventueel de kinderporno op je computer.'

Naast schrijver ben ik afgestudeerd econoom en taal- en letterkundige. Samen met Erik Hannema werkte ik als freelance journalist/tekstschrijver samen binnen ons bedrijf Dautzenberg en Hannema. Onze belangrijkste klant, de *Financial Times*, droeg mij op om publiekelijk pedofielen op te roepen om zich te laten behandelen. Reden was een verzoek van Pensioenfonds Zorg en Welzijn (PZW) om mij uit de redactie te verwijderen – hoofdredacteur Anke Claassen was al een halfjaar op de hoogte van mijn lidmaatschap en had daar tot aan dit verzoek geen problemen mee.

Ik weigerde die geestelijke knechting. Enkele weken daarna werd ik ontslagen: 'The reason for this termination is due to Mr Dautzenberg's support with the organisation known as Vereniging Martijn. [...] The states aims of Martijn are extremely unpleasant and run totally contrary to the values of our own organisation.' Ook Erik Hannema was niet meer welkom. De *Financial Times* sloot zich vervolgens als een oester, ook voor de pers. PZW ontkende alle betrokkenheid.

Ik schakelde een advocaat in. *FT* bleef resoluut: '*FT* as an organisation stands for certain values – ethics and integrity are the heart of everything we do. [...] In our view, Mr Dautzenberg has misused and abused that right (freedom of expression) by participating in and acting as spokesman for Martijn, as illustrated by the civil action taken by the public prosecutor this week in the Netherlands which seeks to ban Martijn. [...] Our strength of feeling on this issue is such that we would rather be ordered to compensate your clients by a court than make a payment voluntarily to any individual associated with an organisation such as Vereniging Martijn.' Op de vraag van de advocaat waarom Erik Hannema niet meer voor *FT* mag werken, luidde het antwoord: 'The invoices were stated to be from "Dautzenberg en Hannema" with a single bank account for payment.'

Ik vroeg de Nederlandse Vereniging van Journalisten om advies. De reactie: 'Wij hebben geen mening, aangezien wij niet reageren op individuele gevallen.'

Een tweede klant, de Universiteit van Tilburg, volgde. Samen met hoogleraar Gerry Dietvorst en universitair onderzoeker/docent Michael Visser ontwikkelde Dautzenberg en Hannema een revolutionair arbeidsmarktconcept. Begin 2012 zou dat worden getest binnen een pilot. Visser belde me na de *FT*-commotie op met de mededeling dat de samenwerking werd opgeschort. 'We zijn bang voor imagoschade door je betrokkenheid bij Martijn.' Een aangevraagd gesprek kwam er niet. Wel werd Erik Hannema na twee maanden opgebeld door Dietvorst: 'We zijn niet gestopt vanwege Martijn, dat is een misverstand. We hebben onvoldoende fte's om de pilot te starten.'

Ook andere klanten lieten niks meer van zich horen. Dautzenberg en Hannema is op 31 december 2012 geliquideerd.

Marthijn Uittenbogaard (geen strafblad) probeerde in de zomer van 2012 een rekening te openen bij de Rabobank. De bank weigerde. Enkele maanden later trok Rabobank zich terug uit het door dopingschandalen gedomineerde wielrennen. Enkele weken daarna blijkt dat Rabobank 6,3 miljoen euro heeft uitgeleend aan een Indiaas kernwapenprogramma en 85 miljoen euro heeft geïnvesteerd in bedrijven die kernwapens maken of onderhouden.

Kort na het verschijnen van mijn requiemroman *Extra tijd* in het najaar van 2012 werd ik door een uitvaartbedrijf uitgenodigd om een lezing in Den Haag te verzorgen. Op aandringen van mijn uitgever werd die afgelast. Supporters van ADO Den Haag (en vrienden van Henk Bres) hadden gedreigd dat als ik een stap in hun stad zou zetten, ik zou worden vermoord.

Afgelopen december gaf Henk Bres een interview op de radio, over pedofielen: 'Als het mocht zou ik ze graag allemaal afschieten als beul. [...] Pedofilie is een ziekte en die moet je het liefst bestrijden met geweld.' Sinds 15 december heeft Bres een eigen programma op Nederland 2. Onderbuikgevoelens zorgen vast en zeker voor hoge kijkcijfers en Bres ziet daarin een rechtvaardiging voor zijn abjecte denkbeelden.

Ik confronteerde de NTR met Bres' uitspraken en vroeg om een reactie. Tot op heden kreeg ik geen antwoord.

Op 21 december zou de aarde vergaan – nu écht. *Nrc.next* wilde een 'laatste editie' uitbrengen, *nrc.last*, als gimmick. Aan mij de vraag om namens de minister-president een column te schrijven – 'de inhoud mag controversieel zijn'. Ik leverde onderstaande tekst in.

Lieve mensen,

Ik ben een optimistisch mens. U bent van mij gewend dat ik zelfs onder de moeilijkste omstandigheden een joviale glimlach niet kan onderdrukken. Vandaag ben ik echter somber gestemd. Alles wijst erop dat over een paar uur de wereld vergaat en dat is niet iets om vrolijk van te worden. Ik had er als minister-president van dit prachtige land graag voor gezorgd dat we sterker uit de crisis komen. Die tijd is mij echter niet gegeven. Het heeft geen zin daar lang over te treuren, aan krokodillentranen heeft u niets.

U moed inspreken zal ik ook niet doen. Moed wordt zwaar overschat. Kijk ik naar mezelf, dan zie ik een lafaard. Natuurlijk, ik heb politieke durf getoond, absoluut, maar ik heb mijn comfortzone nooit verlaten. Ik had niet de guts om te laten zien wie ik écht ben. Dat betreur ik ten zeerste. Seksualiteit is een heikel onderwerp, zeker in deze tijd, je moet rekening houden met de tijdgeest. Ik moest mijn verantwoordelijkheid nemen. Kinderen zijn kwetsbaar.

De afgelopen vijf jaar heb ik met veel plezier elke vrijdagmorgen onbezoldigd lesgegeven aan VMBO-leerlingen van het Johan de Witt College in Den Haag. Het is fijn om met jonge mensen bezig te zijn, die zijn nog zo puur en energiek. Ik ben dan ook dankbaar dat ik dit heb mogen doen. Ik denk hierbij vooral aan Joey en Justin. Twee boefjes, dat wel, maar zo verschrikkelijk lief. Ik zal ze missen.

Mijn moeder heeft me de afgelopen jaren prima

geholpen. Wanneer we samen een weekje naar Thailand gingen, vertelde ze aan iedereen dat we Praag bezochten, of dat we gingen fietsen op de Veluwe. Ze heeft me altijd gesteund. Mam, dank je wel! (Ik kom straks naar je toe; maak je nog een laatste keer pretpannenkoeken?)

Ik merk dat het me oplucht om u dit te vertellen. Misschien had ik het eerder moeten doen… nee, dat was niet mogelijk. Met afgrijzen heb ik de nationale heksenjacht op pedofielen gevolgd. Onmenselijk. Ik heb me geschaamd voor het volk, laat ik ook daar eerlijk over zijn. Trouwens ook de politici gingen hun boekje te buiten. Fred Teeven en Ivo Opstelten, voor wie ik veel respect heb, sloegen door in hun nauwelijks verholen pedohaat. Dat deed pijn, maar wat moest ik doen?

Ik realiseer me dat u niks aan mijn woorden heeft; het einde nadert en ik biecht mijn zonden op. Vast en zeker had u opbeurende woorden verwacht. Dat is natuurlijk ook de taak van een minister-president. Helaas, vandaag verzaak ik voor de eerste en voor de laatste keer. Wel spreek ik de hoop uit dat u straks kalm blijft als het einde nadert. We staan allemaal voor dezelfde opgave. Paniek heeft geen enkele zin.

Dag lieve mensen. Dag mam. Dag Joey. Dag Justin. Kus kus.

Mark Rutte

De redactie schrok en durfde de column niet te plaatsen.

Op oudejaarsavond bevestigden buurtbewoners een zware vuurwerkbom aan de met polycarbonaat beschermde voordeur van Marthijn Uittenbogaard: ruiten stuk, kozijnen beschadigd, brand in de gang...

Al jaren is hij vogelvrij verklaard en geen politicus die het voor hem durft op te nemen. Een burger (zonder strafblad) die een afwijkend geluid laat horen, moet weg, liefst dood. In plaats van een kwetsbaar individu te beschermen kiest de politiek de kant van het gepeupel. Uit lafheid, uit electorale overwegingen, uit conformisme-dwang.

Lemmy

In 1982 ontdekte ik Motörhead. Ik kocht *Iron Fist*, het
laatste album met gitarist 'Fast' Eddie Clarke. De back-
catalogus volgde al snel – *The Ace of Spades*! Motörhead
werd nooit mijn favoriete band, te eendimensionaal, maar
ik bleef een zwak houden voor frontman Lemmy. Totdat...

Het avontuur begint met Arnon Grunberg. Ik interviewde hem eind 2010 voor de *VPRO-gids* en leverde de
tekst in. Hugo Blom, hoofdredacteur van de gids, was
enthousiast. Eindelijk wordt die klootzak eens aangepakt,
was zijn reactie. En als Grunberg beledigd zou zijn en zijn
wekelijkse column zou staken, dan was de vrijgekomen
plek voor mij. Kortom, lof voor mijn gedurfde aanpak.

Mijn artikel was grotendeels verzonnen, dat wist
Blom. Wel had ik Grunberg, een schrijver die ik be-
wonder, geïnterviewd, in het Ambassade Hotel.

Zoals bekend leveren gesprekken met Grunberg
nauwelijks opzienbarende teksten op. Ik besloot om er
een originele draai aan te geven, in de geest van Grun-
bergs werk. Bovendien, de redactie had mij gevraagd
naar aanleiding van mijn net verschenen absurdistische

verhalenbundel *Vogels met zwarte poten kun je niet vreten*, waarin ik de grens tussen fictie en werkelijkheid verken. Wat had ik bovendien te verliezen? Hooguit zou mijn tekst geweigerd worden. Maar Hugo Blom was dus razend enthousiast. Het interview werd geplaatst, een getekend portret van Grunberg sierde de cover van de gids (en later een abonnementenactie).

Het interview met Grunberg

[intro]

Van Arnon Grunberg verscheen onlangs de roman Huid en Haar. *Schrijver en econoom A.H.J. Dautzenberg sprak met hem over onder meer economie, slachtofferschap en inge-scheurde anussen in Kamp Holland.*

[platte tekst]

Hij is dikker dan ik dacht. Een tikkeltje mollig zelfs. Zijn borsten zijn duidelijk zichtbaar in zijn stretchtrui. Denk niet aan de opklimmende damsteentjes van een dertienjarig meisje, denk eerder aan de ontwakende heuveltjes bij een twaalf-jarige. Licht geprononceerd. Een aandoenlijk plaatje. Grunberg ziet er behoorlijk knuffelbaar uit, ook doordat hij de hele tijd op nootjes knabbelt (500 kcal per 100 gram) – zijn beginnende hamsterwangen lijken tijdens het gesprek alleen maar te groeien.

Kortom, in niets lijkt hij op de klootzak die hij volgens velen is. Niet dat hij van mij geen klootzak mag zijn, maar mij gaat het in de eerste plaats om zijn werk – en zijn nieuwe roman is opnieuw een voltreffer. Zwart en ironisch, met een scheutje mededogen. Let wel, een schéútje mededo-gen. Niet te veel, juist genoeg. En zo lust ik het graag.

We zitten in de felverlichte bibliotheek van het hotel waar hij verblijft. Een paar uur geleden is Harry Mulisch begraven – nee, hij was er niet bij, van alles te doen. In de opvallend ruime boekenkast die tegen de zijwand staat, prijken zowel enkele titels van Mulisch als van Grunberg zelf. Zijn nieuwste worp kan ik zo snel niet traceren. Een roman waarbij hij opnieuw met allure zijn stokpaardjes berijdt: het telkens weer tot mislukking gedoemde intermenselijk contact en de vraag wat de werkelijkheid wérkelijk is. Ik besluit met dat laatste thema te beginnen, dan komt de trein vast en zeker vanzelf op gang.

Door dit keer te kiezen voor een econoom als prota- gonist – Roland Oberstein, universitair docent in Fairfax ('economen bouwen modellen van de werkelijkheid') –, schept de schrijver een dankbaar ijkpunt om zijn motieven tegenaan te laten botsen. Ter voorbereiding interviewde Grunberg enkele gerenommeerde economen als Deirdre McCloskey en Arnold Heertje en volgde hij een aantal colleges. Wat leverde hem dat eigenlijk op?

'Weinig,' antwoordt Grunberg lachend. 'Ik merkte tijdens de research vooral dat economen met veel vooroordelen te kampen hebben. Ze zijn saai, grijs en graaiers. Vooral op de universiteit vinden ze dat een grove belediging. Ze raken naar eigen zeggen besmet met de antibankiersentimenten die in de maatschappij leven. Daar hebben ze veel last van.'

Grunberg praat geestdriftig door over zijn college-ervaringen, maar ik word afgeleid door een flinke mee-eter op zijn linker jukbeen. Een echte *blackhead*. Overrijp. Ik kan mijn ogen niet van de zwarte punt afhouden. Een neurotische afwijking…

'Bovendien zijn er geen Nederlandse romans met een econoom als hoofdpersonage, dus ook vanuit die invalshoek was het een interessante keuze. Begrijp je?' Ik kijk verschrikt op en ben weer bij de les. Hij vervolgt zijn betoog. 'Ik zie bovendien de nodige raakvlakken tussen een econoom en een romancier. Beide pretenderen een model van de werkelijkheid op te stellen.'

Met de nadruk op pretendéren…
Grunberg: 'Zeker, maar ik denk dat met name economen wel een wetenschappelijk verantwoord model van de werkelijkheid construeren. Als A dan B, dat kun je objectief vaststellen. Je kunt proefondervindelijk nagaan hoe mensen iets ervaren en dat analyseren. Dat leidt tot wetmatigheden. Economen zijn daar goed in. Een groot deel van het leven bestaat uit economie, uit wetmatigheden. Economie komt als wetenschap het dichtst bij de werkelijkheid.'

En toch bestaat er onder economen geen consensus over de oorzaken en oplossingen van de wereldwijde kredietcrisis…
'Maakt dat de wetmatigheden per definitie onwaar? Bovendien is wetenschap geen eindpunt, inzichten worden continu bijgesteld. Maar Ronald Oberstein gelooft heilig in de economie. Voor hem draait het hele leven om economische wetmatigheden.'

In de onlangs gehouden Van der Leeuwlezing in Groningen zette je vraagtekens bij het bestaan van de crisis. Dat staat haaks op Obersteins overtuigingen.
'Ik beweer in die lezing dat de meeste mensen de crisis alleen kennen van horen zeggen, terwijl ze erover spreken

alsof ze er persoonlijk door getroffen zijn. Mensen zien zich graag als slachtoffer, want een slachtoffer heeft een status, bepaalde voorrechten. Het lijkt wel of mensen een crisis nodig hebben als houvast, de crisis geeft hun identiteit. Zolang er beschaving is, spreken mensen al over een crisis. Dat is toch op zijn minst frappant. Maar natuurlijk mag je dat niet benoemen, dat vinden de mensen immoreel. Terwijl dat gecultiveerde slachtofferschap ook agressie legitimeert, op individueel en op politiek niveau.'

En dan kan er een collectieve zoektocht ontstaan naar een zondebok, met alle gevolgen van dien… In je boek bestudeert Oberstein de economische kant van genocide. Hij komt tot opzienbarende conclusies.

'Zo opzienbarend zijn die niet. Mensen zijn geneigd genocide af te doen als irrationeel, omdat ze daarmee de schuldvraag op afstand kunnen houden, de genocide wordt dan minder eng. Oberstein concludeert denk ik terecht dat genocide een industrie kan zijn die de daders iets oplevert. Terwijl genocide meestal een antwoord is op een economisch probleem. Maar dat willen we liever niet weten.'

Ik blijf gebiologeerd naar zijn mee-eter kijken. Op het ene moment geeft de zwarte punt Grunberg de allure van een dandy, om even later te verworden tot de hoofdoorzaak van het onverzorgde uiterlijk van een al tijden droogstaande vrijgezel. Het liefst wil ik de blackhead uitknijpen. Misschien met een goedgeplaatste jij-stoute-jongenkneep in de wang? Ik probeer een bruggetje te bouwen om in de gelegenheid te komen, want die mee-eter móét eruit. Mijn neurose is dominant.

Terug naar je boek. Oberstein ziet ook de liefde als een econo-
misch speelveld. Ik citeer: 'Maar het is een vrije markt, de liefde,
godzijdank. Laten we ons voorstellen dat ik een supermarkt
ben. Als de spulletjes die jij zoekt niet in mijn supermarkt te
krijgen zijn, dan ga je toch naar een andere supermarkt. Je
mag me ruilen.'
'Ook daar heeft hij denk ik gelijk in. Althans in theorie. In de
praktijk ligt het net even iets anders (lacht). Sta je de ander
toe wat je jezelf toestaat? Dat is moeilijk vol te houden.'

Zo rationeel is de liefde toch niet?

'Op een bepaald moment neemt de passie het van de ratio
over, als het goed is. Maar ik heb er moeite mee om mijn
bewustzijn uit te schakelen, ook tijdens het liefdesspel.
Dan zit ik op de bank en dan denk ik: moet ik haar nu strelen? Mijn vriendinnen noemen mij soms kil en afstandelijk.
Ik begrijp wat ze bedoelen. Ik ben geneigd om vanuit een
metapositie naar mezelf te blijven kijken. Dat vinden ze
niet romantisch.'

En als zij het initiatief nemen en je plotseling strelen of knijpen,
vanuit het niets?
'Wat bedoel je precies?'

Bingo! Ik buig me voorover en knijp in zijn wang. Behoorlijk stevig. *Dit!* Grunberg verstart. *Als je vriendin dat onver-*
wachts doet, vind je dat fijn?

'Ik vind dit zeer ongepast.'
  Hij ziet er geschrokken uit, de lach is compleet verdwe-
nen. Ik bied mijn excuses aan. Tegelijkertijd kijk ik naar de

mee-eter. Het larfje is inderdaad naar buiten gekropen, maar niet helemaal. Het hangt er half uit. Grunberg heeft het niet in de gaten. Pijnlijk getroffen staart hij mij aan.

Vind je het zo vervelend wat ik deed?
'Het is ronduit onbeschoft.'

Je houdt meer van afstand?
'Ik denk dat door afstand te houden het leven leuker wordt, ja.'

Nogmaals mijn excuses. Ik wilde te leuk doen, denk ik... Die
afstand kenmerkt trouwens ook je werk. Dat is niet toevallig.
'Distantie heeft iets beschaafds. Wat jij net deed vind ik behoorlijk ongepast. Laten we het interview beëindigen.'

Wat volgt is een gênante smeekbede van mijn kant om nog een halfuurtje te blijven zitten – ik zet mijn ego even in de ijskast. Hij zegt uiteindelijk dat hij het begrijpt en dat hij wil proberen om niet toe te geven aan zijn angst. Ik knik dankbaar. De mee-eter zit nog vast in zijn schuilplaats. Ik complimenteer Grunberg nogmaals met de knappe architectuur van zijn boek en de inhoudelijke uitwerking van zijn thematiek. Hij lijkt te ontdooien en knabbelt weer op nootjes.

Misschien hoort die afstand gewoon bij je? Dat is toch prima.
'Dat weet ik niet. Mensen houden van sentiment en willen zich met elkaar verbinden. Ik probeer daar rekening mee te houden, maar ik voel me meestal niet op mijn gemak bij mensen. In een voetbalstadion of bij een popconcert word

ik ongelukkig. Ik zie wel de kracht van samen aanstekers in de lucht houden, maar ik kan er niet aan meedoen. Ik lig ook graag alleen in bed.'

En toch las ik in een interview dat je in de toekomst misschien een kind wil. Een ultieme verbinding, lijkt me... In Huid en Haar *beschrijf je wat daarvan de gevolgen kunnen zijn...*
'Ik ben niet principieel tegen kinderen krijgen. Ik ben wel nieuwsgierig naar hoe het is om vader te zijn. Als ik vader word, is dat in zekere zin een experiment.'

62 *Een experiment?*
'Als mensen kinderen nemen om hun eenzaamheid te verlichten, dan mag je toch ook kinderen nemen als experiment... Maar het is niet iets wat op korte termijn gaat gebeuren, mocht het er überhaupt van komen.'

Over experimenten gesproken. Je bracht vorig jaar een bezoek aan Afghanistan. Vorige week schreef je in 'Voetnoot', je dagelijkse Volkskrant-*column, dat in Kamp Holland jongetjes met een gescheurde anus rondliepen. Veroorzaakt door de Nederlandse soldaten?*
'Dat denk ik niet. Die jongetjes werden misbruikt door de Afghaanse politie.'

Dat waren toch bondgenoten in de strijd tegen de Taliban...
'De Nederlandse soldaten kijken inderdaad weg. Maar wat moet je anders? Die Nederlandse officier zei tegen me: "Als je daar een mening over hebt, heb je hier niets te zoeken." Ik begreep en begrijp wat hij bedoelde. Kindermisbruik hoort blijkbaar bij oorlogvoeren.'

Er hangt een spinnetje in je haar!

Hij kijkt omhoog. Ik doe net of ik een spinnetje wegsla en schuur opzettelijk met de mouw van mijn colbertje langs zijn jukbeen. Twee keer aanraken is duidelijk te veel. Grunberg staat op en wil afscheid nemen. Ik rommel wat met mijn papieren en kijk daarbij ongemerkt naar mijn mouw. Gelukt! Het talglarfje is blijven hangen. Met mijn vinger dip ik het op en smeer het uit op de Franse pagina van *Huid en Haar*. Grunberg heeft het niet in de gaten, hij woelt ongemakkelijk met zijn hand door zijn haar. Voor hij wegloopt, zet hij op mijn verzoek mokkend een handtekening in mijn recensie-exemplaar. Naast het vlekje. Ik krijg geen hand.

Een metafoor?

Er kwam zoals verwacht kritiek, een journalist mag geen gebeurtenissen verzinnen – een communis opinio. In de rubriek 'Top & Flop' (een originele naam) van *de Volkskrant* werd het interview bestempeld als de flop van de week: duimpje omlaag (opnieuw origineel). Ook in radioland ontstond er commotie. Radiomaker Wim Noordhoek was verbijsterd en kwam niet goed uit zijn woorden tijdens het wekelijks gesprek met Grunberg:

'Arnon, je bent weer even in Nederland… Ik kan niet nalaten, of eh mijn plicht zegt dat ik je even iets moet vragen wat in de *VPRO-gids* staat afgedrukt, namelijk een interview, nou ja, een poging tot interview met jou. Wat er eigenlijk op neerkomt dat de interviewer, eh, eh, probeert om een eh mee-eter die hij ergens in jouw gezicht waarneemt om die uit te drukken. Ik dacht eerst dat je het helemaal zelf geschreven had, eerlijk gezegd [Grunberg lacht op de achtergrond], maar dat bleek [met verontwaardigde stem] niet het geval te zijn. [...] Nou ja, ik wilde je, eh, eh, nou ik dacht eerlijk gezegd dat je het zelf geschreven had, omdat het uitdrukken van een mee-eter toch eigenlijk een metafoor is voor het afnemen van een interview [Grunberg lacht], in de ogen van velen, dus iets aan het licht brengen. [...] Het is merkwáárdig [Grunberg lacht]. Nee, want hij doet dus net of hij daar, voor de mensen die het niet gelezen hebben: in de *VPRO-gids* staat hoe hij, de interviewer, zonder dat jij het in de gaten hebt opeens een spróng maakt en jou attaqueert en die mee-eter eerst half uitdrukt en later helemaal, zonder dat jij je dat bewust bent. Je merkt dus eigenlijk niet wat hij aan het doen is. Zoiets. [...] Nou ja zeg... Sorry hoor, maar mijn verstand staat er even bij stil, want wat kan hier nu de bedoeling van zijn? In ieder geval niet dat we iets te weten komen over jou of over je boek...'

Met Arnon Grunberg heb ik daarna nog regelmatig (prettig) contact gehad. Hij en Chrétien Breukers waren de enige schrijvers die mij openlijk steunden in de zaak-Martijn.

Tegenlicht

Toen bleek dat het interview her en der toch wel in goede aarde viel, wilde Hugo Blom mij, een kersverse en spraakmakende schrijver, aan zijn blad binden. Ook ik was enthousiast, de *VPRO-gids* is een prima blad en ik kreeg blijkbaar alle vrijheid.

Klus twee: het programma *Tegenlicht* had een drieluik gemaakt over de financiële crisis. Nou was het idee van Blom dat ik daar drie keer een artikel bij schreef. Een gesprek met de hoofdredacteur van *Tegenlicht* volgde. Ik gaf aan dat ik met een absurdistische invulling zou komen en vroeg of de makers lange tenen hadden. Nee hoor, helemaal niet, ik kreeg volledige medewerking. De afleveringen en aanvullende informatie zouden ze toesturen.

Dat gebeurde niet, ook niet na herhaald verzoek. De datum van uitzending naderde. Ik kreeg een idee: laat ik Lemmy Kilmister 'interviewen', de frontman van de Britse metalband Motörhead. Die was net 65 geworden en als fan kon ik hem zo een origineel cadeautje geven. Ik mailde Blom met mijn voorstel. Daarin gaf ik aan dat Lemmy een monetair deskundige is, iets wat vrijwel niemand weet. Blom gaf groen licht.

Ik 'sprak' Lemmy in Gelsenkirchen en knipte het 'boeiende en informatieve' interview op in drie gelijke delen. Blom was opnieuw enthousiast, bedacht er mooie plaatjes bij en zorgde ervoor dat het Belgische blad *Humo* het interview ook plaatste.

Enkele citaten:
'Laat ik een simpel voorbeeld geven. De prostitutie. Een sector die ik door en door ken... (lacht, zijn immense wrat danst vrolijk op en neer) In Amsterdam betaal ik zo'n honderd euro voor een goede wip. In Duitsland honderdvijftig. De Portugese hoeren spreiden hun benen voor veertig euro. In Griekenland kun je voor dat bedrag een hele nacht kezen, al heb ik daar gezien mijn leeftijd de conditie niet meer voor... (lacht opnieuw) De prijs van een hoer is een prima indicator van de economie. Nu ik er zo over nadenk, het is jammer dat de Europese toezichthouders de

prijs van prostitutie niet officieel als indexcijfer presenteren. Dat zou alles een stuk helderder maken…'

'De dollar en de yen doen het nog altijd stukken beter dan de euro – en dat zie ik niet snel veranderen. Jullie Nederlanders betalen bovendien mee voor de werkloze Ieren en Grieken. En wat krijg je daarvoor terug? Niks! Daarnaast is het Europese belastingregime zo lek als een zeef. En wat dacht je van de corruptie! Spelen we met de band in Italië, dan kun je de klok erop gelijk zetten dat er na verloop van tijd altijd weer een mannetje in de deuropening staat met een zogenaamde businessdeal. Zo iemand kan van mij een *fuckin'* vuistslag tussen de ogen krijgen. Een gezond land als Nederland wil toch niet medeafhankelijk worden van zo'n labiele economie? Natuurlijk, de gedoseerde conjunctuurpolitiek van Duitsland werpt ook in Europa haar vruchten af. Maar denk je nu werkelijk dat de voormalige Oostbloklanden dit voor elkaar krijgen? Die landen zitten tot over hun oren verstrikt in hun eigen bureaucratische netten.'

'Ik ben een voorstander van een stabiele wereldeconomie. Ik gun iedereen dezelfde economische, sociale en medische voorzieningen. Maar de euro is wat dat betreft een slechte ontwikkeling. De deelnemende landen trekken elkaar omlaag. De convergentiecriteria worden niet nageleefd. En dat begrijp ik ergens wel. Vanuit het grote ideaal gedacht knijpen we regelmatig een oogje toe. Dan krijg je dat. Het einddoel is dat de Europese landen één front vormen tegen opkomende grootmachten als China, Japan en India. Maar vergeet niet dat die landen één politiek systeem hebben, een absolute voorwaarde om een krachtige grootmacht te worden. Dat zal in Europa nooit van de grond komen. De landen in de eurozone hebben een te sterke cultuurhistorische identiteit. In welk van die landen ik ook kom, ik herken meteen waar ik ben. Aan de kleren, het eten, het bier...'

'Heb je de grafiek van Dow die de koersen weergeeft op en rondom de *Flash Crash* wel eens gezien? Volg de lijn en je ziet: haartjes, haartjes, haartjes, vágina, haartjes, haartjes. Die inham ziet er precies uit als een *cunt*. Maar dan wel eentje die te veel geld kost. Veel te veel geld (lacht opnieuw).'

'Het lijkt me sterk dat handelaren bewust een crash veroorzaakt hebben. Al snap ik deze theorie ergens wel. Door vertragingen op de server is er sprake van een informatieachterstand. De officiële koersen wijken daardoor af van de aangeboden noteringen. High frequency traders kunnen hierop speculeren. In de praktijk is dit echter vrijwel onmogelijk. Je weet van tevoren niet hoe lang de *hiccup* duurt en hoe die zich manifesteert. Je krijgt vrij snel een domino-effect van elektronische systemen die elkaar besmetten. Voor hetzelfde geld ga je flink de boot in. Ik ben ervan overtuigd dat de servers vertraagden door op elkaar reagerende algoritmes.'

'Dat kan wel zijn, maar zonder speculaties financier je geen nationale economie. Kijk bijvoorbeeld naar jullie pensioenstelsel. Wereldwijd kijken economen vol bewondering naar dat solide driepijlerstelsel. Een groot deel van het ingelegde vermogen gebruiken de pensioenfondsen om te beleggen. Zonder rendement geen hoge uitkeringen. Zo simpel is het. Ik ken geen enkel islamitisch land dat een collectief pensioenstelsel heeft. Dat zegt denk ik genoeg. De moslims gaan ervan uit dat de kinderen de oudjes in huis nemen. Ik moet er niet aan denken. Mijn moeder is *a fuckin' pain in the ass*.'

Enter Lemmy

Eerlijk gezegd dacht ik dat Blom het spelletje meespeelde, mijn tekst was zo *over the top*. Bovendien liet hij zijn beeldredacteur een illustratie maken van de 'financiële vagina'… Gaandeweg kreeg ik echter het vermoeden dat hij daadwerkelijk dacht dat Lemmy een monetair deskundige is. Toen ik na de drie publicaties vertelde dat ik alles had verzonnen, werd het stil. Blom raakte in paniek en wilde een rectificatie plaatsen. Ik ontraadde hem dat, met als argument dat de meeste lezers de grap heus wel doorhadden. Hij deed het toch:

'Bij de VPRO, en dus ook bij de gids, staan we open voor experimenten. Maar ik wil wel weten waar onze auteurs precies mee bezig zijn. Helaas was ik niet van tevoren op de hoogte gesteld van Dautzenbergs intenties. Op onze beurt hebben wij verzuimd het waarheidsgehalte van de interviews te toetsen. […] De VPRO Gids heeft een journalistieke afspraak met de lezer en wie voor de gids werkt zal zich daaraan moeten committeren. Ook Anton Dautzenberg.'

Aldus hoofdredacteur Hugo Blom, die even was vergeten dat hij mijn nepinterview met Arnon Grunberg plaatste zonder de lezer op het fictieve karakter daarvan te wijzen.

In de rectificatie stond ook nog dat de samenwerking met mij werd voortgezet. De eerste reactie van een lezer op de VPRO-site: 'Fantastisch! Heerlijk om zo beetgenomen te zijn. Overigens heb ik helemaal geen afspraak met de VPRO-gids. Ik heb wel verwachtingen van de VPRO: informeren, ontregelen, gevoel voor humor. Dank A.H.J. Dautzenberg!' Soortgelijke reacties volgden.

Blom had zijn achterban dus verkeerd ingeschat. Te laat. Door de rectificatie sloeg de vlam in de pan. De pers dook erbovenop. Het *Radio-1-journaal* (!) berichtte dat ik door de VPRO was ontmaskerd. Blom kwam daarin ook aan het woord. Hij beweerde dat de VPRO verantwoordelijk was voor mijn demasqué. De lafaard.

Ik heb nooit meer een opdracht van de *VPRO-gids* gekregen.

Op internet werd er volop over de zaak geschreven. Enter Lemmy. Eerst belde zijn manager: 'Mister Kilmister is not amused.' Ik opperde dat ik fan was en dat Lemmy altijd te koop loopt met zijn sense of humor. Niet dus. Een paar dagen later kreeg ik zijn Londense advocaat aan de lijn. 'Sue him,' had Mister Kilmister tegen hem gezegd. En aldus geschiedde. Ik moest per direct € 15 000 betalen, als voorschot op de schadevergoeding.

'In the name of rock 'n' roll, please send me to prison,' mailde ik de advocaat, waarop die besloot mij met rust te laten en de zaak met de VPRO af te wikkelen.

Nooit meer iets van Lemmy gehoord, nooit meer iets van Hugo Blom gehoord.

Ronald de Boer

Na mijn debuutbundel publiceerde ik een roman, *Samaritaan*, de eerste Nederlandstalige roman die volledig uit dialoog bestaat. Ook die werd goed ontvangen. Uitgeverij Contact vroeg mij daarop een pamflet te schrijven over economie. Mijn publicatie zou de aftrap worden van de maandelijks te verschijnen reeks Kleine Boekjes. Twintigduizend woorden in twee maanden, dat moest lukken.

Ik besloot om met het fictieve gehalte van de economische wetenschap te spelen, de vermeende hardheid te ridiculiseren. Economen zijn het zelden met elkaar eens, al claimen ze allemaal de waarheid in pacht te hebben. Ik koos opnieuw voor fake-interviews, Lemmy smaakte naar meer. De titel: *Rock-€-Roll*.

In het boek legt lingerieontwerper Marlies Dekkers me glashelder uit hoe een jaarrekening werkt en hoe je die kunt pimpen. Oud-guerrillastrijder Ronnie Brunswijk vertelt me aan de hand van de succesvolle ontwikkelingen in Suriname hoe je een economie ecologisch verantwoord kunt organiseren. Inger 'Pippi Langkous' Nilsson heeft zich na haar leven als anarchistische kindster ontwikkeld tot een vooraanstaand deskundige op het gebied van staatsobligaties. Frivoliteiten horen meer bij het avontuurlijke karakter van beleggen in andere effecten. Dat blijkt ook wel tijdens mijn gesprek met ex-voetballer Ronald de Boer, een van Nederlands meest invloedrijke en succesvolle particuliere beleggers.

Rock-&-Roll verscheen in augustus 2011. Het duurde niet lang of Marlies Dekker meldde zich bij de uitgeverij. Ze vroeg een paar exemplaren op (en reageerde daarna niet meer). De volgende was Ronald de Boer. Hij schakelde meteen een advocaat en de pers in. De brief van de advocaat begon met een opsomming van de carrière van Ronald de Boer, om aan te geven dat de voormalig international 'een verzilverbare populariteit' geniet. Vervolgens werd de uitgever gesommeerd per direct alle exemplaren van mijn boek uit de winkels te halen, een fikse schadevergoeding te betalen en een rectificatie te plaatsen in *De Telegraaf, Algemeen Dagblad, Het Financieele Dagblad* en *de Volkskrant*. 'De rectificatie moet op de voorpagina staan of anders paginagroot worden afgedrukt.' De tekst werd er voor het gemak bijgeleverd.

Op Twitter noemde een van De Boers kinderen me een klootzak.

Van een rechtszaak is het niet gekomen, mijn uitgever was zo slim een disclaimer in het boekje op te nemen.

'In mijn eerste jaren bij Ajax zat ik in een beleggingscluppie. Met Michael Reiziger, Michel Kreek, Sonny Silooy, met assistent-trainer Gerard van der Lem en natuurlijk Frank. In het begin legden we een rooitje in, als spelletje. Samen kochten we daarvoor aandelen. ABN-AMRO, Ahold, Heineken, ING. We beperkten ons toen tot Hollandse bedrijven. Al snel maakten we winst. Binnen een halfjaar legden we tien rooitjes in. Zo is de bal gaan rollen. Die vier bedrijven ben ik overigens mijn hele beleggingsleven trouw gebleven. Met veel succes.'

'Toen ik begon met beleggen waren staatsobligaties een solide investering, een natuurlijk tegenwicht voor de meer risicovolle beleggingen. Maar die ballon gaat niet langer op. Het ene na het andere land raakt in grote problemen en krijgt een *junk rating*. Griekenland heeft zelfs een negatieve *outlook*, dus daar moet je de komende jaren met je fikken van afblijven. Ik investeer op dit moment in dollars, vooral de Amerikaanse en Canadese doen het goed. En natuurlijk in de *Real*, een opkomende munt. Brazilië zal een toonaangevend land gaan worden. Een *emerging market* van jewelste. Zuid-Amerika domineert al bijna veertig jaar het voetbal. De financiële wereld is in de *slipstream* meegegroeid... De *Real*, de naam zegt het eigenlijk al. Een Koninklijke belegging.'

'Toen Ajax naar de beurs ging, vond ik dat een sympathiek initiatief. Meer niet. Ik wist dat de club er een signaal mee wilde afgeven: kijk, wij zijn een topclub. Maar elke belegger wist meteen dat daar geen droog brood mee te verdienen valt. Mensen kopen die aandelen uit clubliefde. Die blijven in de familie of in het bedrijf, als een soort relikwie. De aandeelhouders speculeren er niet mee, dus daar zit geen muziek in. Geen cashflow... Ik ben één keer naar een aandeelhoudersvergadering geweest. Ik waande me op een nieuwjaarsreceptie van de club. Bitterballen en bier waren er volop, dus het was wel gezellig. Wim Suurbier heeft aandelen van Ajax. Nou, dan weet je het wel... Nee, clubliefde en geld verdienen moet je nadrukkelijk scheiden.'

'Johan heeft veel verstand van voetbal, van het spelletje dan. Hij heeft geen kaas gegeten van besturen. Kijk naar zijn huidige visie op Ajax... In mijn ogen wordt Johan behoorlijk overschat. Ook op zakelijk gebied heeft hij de nodige steken laten vallen. Verschillende keren is hij de mist ingegaan met foute beleggingen. Varkensstallen, wie investeert daar nu in... Acht miljoen kostte hem dat grapje. Hij was bijna failliet. Dat zegt genoeg...'

De advocaat van Ronald de Boer benadrukte in de pers met klem dat de uitspraken van zijn cliënt over Ajax en Johan Cruijff fake waren. Het grote orakel mag uiteraard door niemand bekritiseerd worden, ook al vertelt hij continu onbegrijpelijke nonsens en speelt hij mensen tegen elkaar uit. En wordt hij door de topjournalisten Jeroen Pauw en Paul Witteman uitgenodigd om in hun journalistieke programma te komen praten over het een en ander, dan is hij natuurlijk de enige gast en wordt hij vertroeteld als was hij een heilige.

De kritische vragen bewaren ze voor andere gasten (behalve voor politici en sporters, want die komen niet meer als het vuur ze te na aan de schenen wordt gelegd). Ook ik mocht een keer bij de heren aanschuiven, in 2011, naar aanleiding van mijn boek *Samaritaan*. Natuurlijk werd ik scherp ondervraagd over het waarheidsgehalte van de roman.

Een schrijver mag niet fabuleren.

Curieuze afvoerputjes

Nu ik het allemaal nog eens de revue heb laten passe-
ren, vraag ik me oprecht af: waarom al die ophef? Waar
is ons incasseringsvermogen gebleven? Het stelt toch
allemaal bitter weinig voor wat ik heb gedaan. Ik had
mijn vrijwillige nierdonatie aan een onbekende nog
kunnen noemen (lees *Samaritaan*, 'mijn' odyssee door de
Louteringsberg, zónder Vergilius als leidsman, en mijn
Beatrice werkte ook niet echt mee). Zelden heb ik me
meer moeten verantwoorden voor een daad.

Joost de Vries in *De Groene Amsterdammer*: 'Het is
dezelfde lichamelijke desinteresse die doorgaans blijft
voorbehouden aan junkies en alcoholisten, masochisten
of mannen die zich *bareback* te grazen laten nemen in
dark rooms. [...] Een totale ontkenning van hoe fragiel
gezondheid kan zijn.'

Ik doneerde de nier enkele maanden na de dood van
mijn vader, ik zag van dichtbij hoe de kanker triomfeerde
(lees *Extra tijd*). De Vries verwijt mij 'een totale ontkenning van hoe fragiel gezondheid kan zijn'. Hij weet altijd
precies hoe het allemaal zit, het zal wel een gave zijn.

Organen mag je van De Vries pas na je dood doneren. Laat de mensen op de wachtlijst maar creperen.

En dan was er nog het gezeur naar aanleiding van 'de allitererende tietjes van Marije Langelaar' (foei), de afwezigheid van negers bij *NRC Handelsblad* (kom niet aan de blanken), het binnensmokkelen van blikjes bier in een zwaarbewaakte gevangenis (stoer) en ander kleingeld (ach).

Stormen in een glas water. 'Nix aan de handa', om Gerard Reve te citeren.

Wat leven we in een benepen tijd, nog even en de gebiedende wijs domineert weer ons leven. De tijdgeest (ik blijf het een pretentieus woord vinden) kleurt mijn acties, niet andersom. De wereld moet zo ondiep mogelijk zijn, opdat niemand kan verdrinken. Dat fatsoenlijk zwemmen er dan niet meer bij is, maakt blijkbaar niks uit.

In januari 2013 stond in *de Volkskrant* een artikel over een wetenschappelijk onderzoek naar de relatie tussen de muziekkeuze van een twaalfjarige en mogelijk toekomstig probleemgedrag. Pubers die luisteren naar 'onconventionele' muziek zoals metal, gothic en hiphop, hebben een grotere kans om later betrokken te worden bij misdadige activiteiten dan de liefhebbers van hitparademuziek, klassiek of jazz. Een tip van de onderzoekster: 'Als je oogappeltje veel naar zulke muziek luistert, raak niet in paniek. Het is wel een reden om je kind extra in de gaten te houden. Let op wie zijn of haar vrienden zijn.' Verbieden, zou ik zeggen. De verderfelijke invloed van de rock-'n-roll in de jaren vijftig staat bij velen nog vers in het geheugen gebrand. Laat tieners alleen nog luisteren naar Jan Smit, Nick & Simon, Bløf en, vooruit, Kane.

Kijk vooral ook naar de hongerige en gretige pers, schuimbekkend op zoek naar amusement en entertainment. Het volk moet vermaakt worden, als een soort compensatie voor de morele knechting. Een compromis waar we genoegen mee nemen.

Illustratief is het optreden van journaliste Jojanneke van den Berge tijdens en na afloop van een persconferentie van Martijn in Nieuwspoort. Ik zat de bijeenkomst voor en zag een ongeïnteresseerde Jojanneke met haar mobieltje spelen. Na afloop kwam ze naar me toe, met een camerateam van *PowNews*.

'Ben je pedofiel?'

Ik antwoordde van niet en zei dat het ook niet relevant is welke geaardheid ik heb.

'Weet je zeker dat je geen pedofiel bent?'

Ja, dat weet ik zeker.

'Ik vraag het namens alle kinderen van Nederland: weet je zeker dat je geen pedofiel bent?'

Namens alle kinderen van Nederland? Irritatie, bij mij.

Irritatie bij haar.

Einde gesprek.

Het volgende slachtoffer was Marthijn Uittenbogaard. Van een afstandje zag ik hoe het team hem insloot en intimideerde. Hij voelde zich bedreigd en duwde Jojanneke aan de kant om weg te kunnen. 's Avonds in de uitzending werd alleen de 'slaande' beweging getoond, een aantal keer achter elkaar.

Jojanneke van den Berge is inmiddels opgeklommen

tot ~~lekker wijf~~ tafeldame bij *De Wereld Draait Door* en tekende onlangs een contract bij topomroep RTL.

In de meeste gevallen hebben de journalisten een oppervlakkige visie op wat ik doe. Ze zijn 'verontwaardigd' en/of 'onthutst' – bevechten ze in mij en/of Martijn wellicht hun eigen wellust? –, om daarna lekker smeuïg te berichten over het enfant terrible A.H.J. Dautzenberg. Ik dacht altijd dat je zo'n adjectief moest verdienen.

(Prof. dr. Wiel Kusters schreef in januari een schotschrift naar aanleiding van mijn kritische bespreking in *NRC Handelsblad* van zijn laatste boek *In en onder het dorp* en stuurde dat rond naar vrienden en bekenden én de pers. Hij vindt het niet kunnen dat een 'rellenjunk' hem bespreekt. 'Dan weet je wat je krijgt. Het is een zeer vooringenomen en onheuse, ja infame recensie geworden.' Wetenschappers weten wat. Zijn vriend, de dichter/schrijver Huub Beurskens, publiceerde op internet een vergelijkbaar smaadschrift. Hij roept daarin *NRC Handelsblad* ter verantwoording.)

Ik constateer veel vooringenomenheid rond mijn persoon. Daar kan ik mee leven, maar kleingeestig vind ik het natuurlijk wel.

Politici worden een stuk pragmatischer gevolgd dan schrijvers. Politici mogen fabuleren en ongenuanceerd zijn en dat levert nog stemmen op ook. Schrijvers moeten binnen de randjes kleuren, de werkelijkheid dienen en duiden, en dat doen ze en masse, Christiaan Weijts voorop, een fervent liefhebber van fact checking. (Zomaar een tweet van De Nieuwe Mulisch: 'Ha, het mysterie van de trillingen bij Rijkswaterstaats Westraven eindelijk ontrafeld.' Kunnen Weijts en zijn meer dan vijfentwintighonderd volgers eindelijk weer rustig slapen. Het ongewisse móét onttoverd worden.)

Ik dien het opschonende Nieuwe Realisme niet, probeer raadsels waar mogelijk te vergroten en leg als schrijver zo nu en dan mijn vinger op een zere plek. Velen verwijten mij dan dat ik aandacht vraag, op een ziekelijke manier zelfs. Ironisch genoeg zijn die klachten afkomstig van mensen die de hele dag om aandacht smeken op Twitter en Facebook, met de grootst mogelijke onbenulligheden. Ik doe niet mee aan die virtuele vrolijkheid. Ik hou me liever bezig met lezen en schrijven.

Dat 'ziekelijke' verwijst overigens impliciet naar de onderwerpen die ik aankaart, met pedofilie als het meest ultieme kwaad dat een mens kan bedrijven. Het blijft me verbazen dat in films en games kinderen (op de meest gruwelijke wijzen) gedood mogen worden, maar niet (op een liefdevolle wijze) bemind. Mensen zijn uiteindelijk banger voor seks dan voor moord. Pedofielen en verkrachters zijn in de gevangenis opgejaagd wild, moordenaars genieten aanzien, vooral als een getatoeeerde traan hun jukbeen siert.

In boekvorm worden geweld en 'gruwelijke' seks overigens kritischer ontvangen dan wanneer ze op het witte doek worden verbeeld. Vanwege de 'goede smaak', uiteraard, maar vooral ook omdat de lezer de daden zelf moet visualiseren en dus medeverantwoordelijk wordt. In de bioscoop blijf je toeschouwer, als lezer blijf je niet buiten schot en worden je fantasieën geactiveerd. Dit laatste vinden mensen blijkbaar onprettig. Zoals de lezer van 'Suikerfeest' die een aanklacht tegen mij indiende bij het Meldpunt Kinderporno. Dat hij daarmee zijn eigen fantasie veroordeelde, heeft hij waarschijnlijk niet in de gaten. Dautzenberg is de schuldige, zelf is hij een oppassende burger die de goede zeden bewaakt.

En het succes van *Vijftig tinten* dan, hoor ik u denken. Die boeken verhalen over gedóógde seks, over *kinky* huisvrouwenromantiek in een extravagante setting. Er wordt niet buiten de lijntjes geneukt, om het even contextueel te verwoorden. Een statement dat velen maar al te graag maken, daartoe aangemoedigd door een gewiekste reclamecampagne van een uitgever die de trilogie zelf niet wil lezen. Op het eerste oog lijkt het succes te pleiten voor een vrije seksuele moraal, maar bij nader inzien is het een ordinair pleidooi voor conformisme.

Gerard Reve bevrijdde Nederland zowat in zijn eentje van de benepen moraal van de jaren vijftig (ik overdrijf een beetje). De volksschrijver werd een boegbeeld in de jaren zestig en zeventig, twee decennia waarin weer veel begon te mogen, tolerantie als antwoord op van alles en nog wat. Die jaren zullen ook straks weer in de herhaling gaan, een collectief levensgevoel blijft immers in golfbewegingen terugkeren: we veren altijd weer op na het taaie ongerief van een slepende knechting, als paarden die te lang op stal hebben gestaan. Van mij mogen die lustjaren nog even op zich laten wachten, ik amuseer me kostelijk in en met het huidige klimaat.

In mijn bundel *Smerig gezwel wat je bent* formuleerde ik het als volgt (en daar sta ik nog steeds achter, ondanks de gevolgen):

'De rafelranden van de moraal zijn een *Fundgrube* voor avontuurlijk ingestelde mensen. Wie goed zoekt, vindt er de nodige curieuze afvoerputjes. Groezelige gaten waardoor collectieve angsten en onzekerheden dankbaar wegvloeien. De diameter van die, zeg maar, mentale aarzen fluctueert in de tijd, afhankelijk van de collectieve nood.

Het loont de moeite om regelmatig je neus in die putjes te steken. Je merkt wel eens wat op. Veel lelijks, soms wat moois, afhankelijk van je incasseringsvermogen en gevoel voor esthetiek.

Een taboe binnenstappen, figuurlijk én letterlijk, ik kan het iedereen met een ongezonde levensdrift van harte aanbevelen.'

Mentale aarzen stinken als de pest, dat kan ik inmiddels wel beoordelen, daar hoef ik geen Jean-Baptiste Grenouille voor te heten. Nu ben ik niet per definitie een hartstochtelijk liefhebber van stank, maar het goedkope parfum dat we gebruiken om de onfraaie odeur te verdoezelen vind ik helemáál niet te harden. Bovendien krijgen de onderbuikgevoelens, door het laffe mengsel van alcohol en de door politiek en pers geleverde goedkope geurstoffen, een bouquet van beslistheid.

Henk Bres (inmiddels dus in dienst bij de publieke omroep) en zijn consorten voelen zich gesterkt in hun opvattingen en functioneren als een door god gedrogeerd legioen dat strijdt voor ons fijne vaderland. Het wordt hoog tijd dat ze een lintje krijgen, zodat ze met nog meer rechtvaardigheidsgevoel tekeergaan tegen kwetsbare bevolkingsgroepen. Of geef Bres de Machiavelliprijs, vanwege zijn bijdrage aan het publieke debat, hij verdient het.

Mijn 'strijd' gaat ook door. Afgelopen december probeerde ik om samen met een vriend MartijnLeaks op internet te lanceren: de verboden site plus alle relevante juridische documenten zouden op eerste kerstdag online staan. Zo konden pers en publiek in de voorbereiding op het hoger beroep hun eigen oordeel vormen over de inhoud. Het beveiligen tegen de te verwachten aanvallen bleek echter een probleem. In technische, maar vooral in financiële zin – die paar duizend euro heb ik niet.

Factchecker: 'Klopt dit wel?'

Niet helemaal. Via Marthijn Uittenbogaard kwam ik in contact met een server die bereid was tegen lagere kosten te hosten. Uittenbogaard gaf ook aan dat hij behoefte had aan eindelijk eens een rustig oudjaar en dat hij het derhalve niet erg zou vinden als MartijnLeaks niet door zou gaan. Afblazen om een louter financiële reden maakt echter meer indruk op de mensen.

Ik ga evenwel moedig voorwaarts, met de snelheid van een ritmedarter. Maar eerst rust ik even uit, ik ben moe van alle tegenwind.

Tijd om even na te denken. En om de zedenpreken te leren camoufleren, of nog beter: buiten het zicht van mijn zelfbewustzijn te brengen én houden. Want wat me achteraf het meest opvalt: er zitten nog te veel opgestoken wijsvingers in mijn werk. Ik lijk soms wel een dominee. Heeft de tijdgeest ook mij in zijn greep? Hoe krijg ik die moraal er in godsnaam uit? Naar een exorcist gaan en de laatste druppels fatsoen eruit kotsen terwijl ik mijn ogen vervaarlijk laat rollen? Elektroshocks? Of zouden er pilletjes voor zijn?

De werken van Marquis de Sade (1740-1814) herlezen kan natuurlijk ook, misschien wel de meest vrije geest die ooit heeft geleefd. 'De moraal is een conventie die niet verschilt van de misdaad.' Kijk, daar word ik vrolijk van. 'Laten we enkel luisteren naar het heilige orgaan van de natuur... er zeker van zijn dat dit altijd in zal gaan tegen de absurde principes van de menselijke moraal en de infame beschaving. [...] Bijna alle volkeren der wereld beschikken over het recht op leven en dood van hun kinderen. Dit recht ligt volkomen in de natuur, waarover kan men beter beschikken dan over wat men zelf heeft gegeven. [...] Of je nu vernietigt of schept, het is in mijn ogen om het even, ik kan zowel het een als het ander gebruiken.' Inspirerend die lofzangen op de nacht. De wellust verkiezen boven de lauwerkrans.

In 2012 bezocht ik samen met mijn geliefde de ruïne van het kasteel van De Sade in Lacoste. Mijn hele lijf begon te tintelen, mijn bloed te koken, mijn geest te jeuken – 's morgens, bij het graf van Albert Camus in het nabijgelegen Lourmarin, gebeurde er nagenoeg niets. Ik wist opeens wat mij te doen staat.

De Dr. Jekyll in mijn hoofd moet verdwijnen, hij moet opzouten, dood. Ik zal Mr. Hyde vragen, nee dwíngen om hem te vermoorden, liefst op een zo gruwelijk mogelijke wijze – iets met scheermesjes en zoutzuur, of met behulp van een meer wetenschappelijk onderbouwde methode: vergassen.

Ik wil vrij zijn. VRIJ! Een *homo sensualis*, of minder ambitieus geformuleerd: een huisspook dat zijn aandriften niet langer aanlijnt. *La carne, la morte e il diavolo.*

Al blijft ergens diep in mij de blauwe bloem lonken – en dus moet Hyde sneuvelen.

Of word ik nu te romantisch en te hoogdravend?

Laat ik Nescio's *Titaantjes* er opnieuw bij halen, om de cirkel rond te maken (ik ben een neuroot). 'We zijn nu veel wijzer, stakkerig wijs zijn we, behalve Bavink, die mal geworden is. [...] Verstandig zijn we nu, alweer behalve Bavink en we kijken mekaar aan en glimlachen [...].' De schilder Bavink eindigt in een gesticht voor zenuwpatiënten, hij was een kunstenaar met idealen.

En deze, ook fraai: 'Af en toe glimlacht God even om de gewichtige heeren, die denken dat ze heel wat beteekenen. Nieuwe Titaantjes zijn al weer bezig kleine rotsblokjes op te stapelen om 'm van z'n verhevenheid te storten en dan de wereld eens naar hun zin in te richten. Hij lacht maar en denkt: "Goed zoo jongens, zoo mal als je bent, ben je me toch liever dan die mooie wijze heeren. 't Spijt me dat je je nek moet breken en dat ik die heeren moet laten gedijen, maar ik ben ook God maar." En zoo gaat alles z'n gangetje en wee hem die vraagt: Waarom?'

Tijdgenoot Camus had ook zijn bespiegelingen over een rotsblok, maar dat stimuleerde hem juist om roekeloos te leven...

Nescio was volgens mij doodsbang voor avontuur en wilde zijn lezers (en daarmee zichzelf) waarschuwen om vooral niet losbandig te leven. In zijn verhaal 'De uitvreter' laat hij de kleurrijke Japi, die symbool staat

voor de vrijheid, teleurgesteld van de Waalbrug stap-
pen. 'Springen kon je het niet noemen,' volgens de brug-
wachter. 'Hij was er afgestapt.'

Jan Hendrik Frederik Grönloh is met afstand de
grootste lafaard uit de Nederlandse literatuur. Zijn
standbeeld moet zo snel mogelijk van zijn sokkel worden gehaald. Met dynamiet.

Ziezoo.

Waar blijven de Nieuwe Vijftigers?

A.H.J. Dautzenberg

Tilburg-Noord, januari 2013

En dan nog dit!

In de hal van het treinstation in Deventer waan ik me in de victoriaanse tijd. Mannen dragen een deftig kostuum, sommige zelfs een overcape. Ze begroeten elkaar door hun hoge hoed af te nemen of met een deftige knik, waarbij ze de wandelstok net iets te joviaal in de lucht steken. Ik ontwaar ook vrouwen met luifelhoed en busttle dress. Het duurt even voordat ik besef dat de oude Hanzestad jaarlijks een weekend lang verandert in een negentiende-eeuws volksfestijn. Om een of andere reden staat de stad dan in het teken van Charles Dickens.

Ik ben op weg naar de jaarvergadering van Vereniging Martijn. Terwijl ik naar het geheime adres wandel, denk ik aan de met armoedevegen versierde gezichten van de *boys* die de boeken van Dickens bevolken – Oliver, Jack, Tiny Tim, David, Dorrit en Pip. Stuk voor stuk kinderen die er alleen voor staan en onder miserabele omstandigheden moeten leven. Ook Dickens was een kindervriend.

Sinds een halfjaar ben ik lid van de zestig leden tellende vereniging. Met Marthijn Uittenbogaard heb ik wel eens gesproken, en met X, maar dit wordt mijn eerste officiële bijeenkomst. Onderweg word ik aangeklampt door een kleine, oude man; hij gaat verstopt onder een lange, grijze, wollen jas met hoogopstaande kraag. Hij vraagt met een zachte stem of hij met mij mee mag lopen, want hij kan het adres voor de jaarvergadering niet vinden. Mijn uiterlijk en gedrag verraden blijkbaar mijn bestemming; dat besef amuseert me. We lopen samen op, zonder een woord te wisselen.

In de kleine huiskamer is het stampvol; iedereen blijkt er al te zijn, een halfuur voor aanvang. Vijftien pedofielen op twaalf vierkante meter. Ik geef iedereen een hand en kies een plekje bij de enthousiast brandende open haard. Mijn reisgenoot groet niemand en neemt plaats op een vrije stoel in een hoekje. Ook de rest van de middag zegt hij niets.

Hoe ziet een pedofiel eruit? Doodgewoon, is mijn eerste indruk. Een enkeling oogt een beetje kinderlijk, maar verhoudingsgewijs is dat niet anders dan in een winkelstraat, restaurant of voetbalstadion. De gastheer, een gepensioneerd hoogleraar, schenkt koffie en deelt koekjes uit. De gordijnen zijn gesloten – om te voorkomen dat journalisten of pedojagers, mochten die onverwacht opduiken, foto's nemen. Ik maak met enkelen een praatje, een van de bezoekers is een Duitse student. Ik hoor verontrustende verhalen over bedreigingen en fysiek geweld.

Een wel erg zachte jongen, nog niet zo lang geleden was hij naar eigen zeggen aangesloten bij een groep rechts-extremistische jongeren, vertelt mij dat hij van alle leeftijden houdt – 'van zes tot zesenzestig'.

Ik krijg complimenten voor mijn opiniestuk in *de Volkskrant* en mijn bijdrage aan *Debat op 2*.

Ik merk dat de aanwezigen blij zijn met elkaar, steun ervaren van het samenzijn. Even geen verstoppertje spelen, maar je gewaardeerd voelen. En dat in een geblindeerde ruimte.

X opent de vergadering en stelt iedereen voor. Een van de aanwezigen is moslim. De helft van de bezoekers gebruikt een schuilnaam. Op de agenda staat onder andere de positie van de huidige voorzitter, die al een halfjaar in de gevangenis zit vanwege het bezit van kinderporno.

Ik kijk om me heen. Op de tv staat een foto van een blond jongetje in zwembroek, hij lijkt op Tadzio uit Visconti's *Death in Venice*. Voor de rest geen erotische portretten. Wel veel kitscherige spulletjes en stapels boeken. Het valt me nu pas op dat er geen vloerbedekking ligt, vast en zeker voor de brandveiligheid. Een oude poedel loopt over de stenen vloer en snuffelt aan de broekspijp van alle aanwezigen. Bij mij begint i even te blaffen.

X werkt als een volleerd ambtenaar de agendapunten af – iets wat hij achteraf ook blijkt te zijn, bij een ministerie. Ongeveer de helft van de aanwezigen zegt zo nu en dan wat. Het valt me op dat er geen pedofiele onderwerpen aan de orde komen, de vergadering lijkt op elke andere vergadering. Financiën, nieuwsbrief, vertrokken leden et cetera.

Dan het heikele punt: de voorzitter. X benadrukt dat een veroordeelde voorzitter een slecht signaal afgeeft aan leden en aan de buitenwacht. Ik merk dat de meesten het hiermee eens zijn, maar niks durven te zeggen, uit solidariteit of verlegenheid. Ik stel voor om een nieuwe voorzitter te kiezen en meteen een nieuw ethisch beleid op te stellen. Met het oog op de naderende rechtszaak is dat bovendien verstandig.

Er volgt gestamel, maar niemand durft zich uit te spreken. Veel naar de grond gerichte gezichten en ontwijkende antwoorden. De secretaris heeft ook een strafblad en moet naar mijn mening eveneens uit zijn functie worden ontheven. De man is doof en wordt via een briefje op de hoogte gehouden van wat er wordt besproken. Hij protesteert.

Ik stel voor dat Marthijn Uittenbogaard de nieuwe voorzitter wordt. De Duitse jongen wil mij graag in die positie zien. Ik geef aan wel beschikbaar te zijn als adviseur, maar niet als bestuurslid. Uiteindelijk wordt er gestemd.

De voorzitter en de secretaris worden afgezet, met een kleine meerderheid van stemmen. Marthijn wordt gekozen als nieuwe voorzitter en X als secretaris. Twee capabele mannen, zonder strafblad en met oog voor de tijdgeest. Ook worden afspraken gemaakt over een nieuw ethisch beleid.

Op een bepaald moment slaat bij mij de teleurstelling toe. Ik heb genoeg van het formeel geneuzel. Ik wil vieze praatjes, tips & tricks, op zijn minst een foute video zien. Niks van dit alles, de agenda wordt keurig afgewerkt en aan de routinematige reacties van de aanwezigen maak ik op dat dit usance is.

Tijd voor actie.

'Ik heb een vraag.'

Stilte.

'Komen jullie nooit wormpjes tegen als jullie een jongetje penetreren?'

Ongemakkelijke blikken.

'Ik bedoel, het lijkt mij geen pretje om je lul te stoppen in een kluwen wurmen. Toch?'

X: 'Wij adviseren onze leden om geen seksuele handelingen te verrichten met minderjarigen.'

'Even serieus nu: een beetje avontuur kan toch wel?'

X: 'Dit is een serieuze zaak. Wij houden van kinderen, wij willen ze geen pijn doen.'

'En in gedachten? Dat mag toch wel?'

X: 'Dat bepaalt iedereen zelf.'

'Goed. Iets anders. Kennen jullie *limp biscuit*? Ik bedoel dus niet de band, maar het spelletje, limp biscuit is Engels voor natte boterham?'

Vragende blikken.

'Ik heb het een keertje in de verkennerij gespeeld, toen ik vijftien of zestien was. Je legt een koekje of een boterham op de grond en gaat daar in een groepje omheen staan. Dan is het masturberen geblazen, op de boterham. Wie als laatste klaarkomt, moet de boterham opeten.'

Verbaasde blikken.

'Dat lijkt me geen geschikt spelletje voor ons,' reageert X.

Ik sta op en neem de Tadzio-foto van de tv. Ik haal het portret uit het lijstje en leg het op de grond. 'Wie als laatste klaarkomt, moet de foto schoonlikken.'

Instemmend gebrom. Ik wist wel dat ze zich inhielden.

'Alleen als jij ook meedoet,' zegt Marthijn uitdagend.

Ik heb nauwelijks pedofiele gevoelens, een Lolita wil mij nog wel bekoren, maar een jongetje...

'Het is jouw idee, jij móét meedoen.' De Duitse jongen bemoeit zich ermee, met een zwaar accent.

Hij heeft ergens wel gelijk.

Met zijn zestienen staan we even later om de foto, de snikkel in de hand. Die van mij is te slap. Ik tel af: drie, twee, één... De meesten beginnen als een idioot te sjorren. De eerste twee duwen hun lichaam naar voren en komen tegelijk klaar. De anderen volgen snel. Binnen twee minuten is een groot deel van de foto bedekt.

De dove secretaris en ik blijven over. Ik zie de witgele derrie en moet bijna kokhalzen. De dove trekt een pijnlijke grimas, alsof zijn leven ervan afhangt. Ik sluit mijn ogen en probeer me te concentreren op de uitdagende tietjes van de Lolita met het beugeltje uit de Adrian Lyne-verfilming – ik wil wel binnen de context blijven.

'Dat is niet eerlijk.' De stem van X.

Ik kijk op en zie hoe mijn zwijgzame medewandelaar de foto in zijn hand heeft en gulzig afslobbert.

Factchecker: 'Is dit waar?'

'Subdue your appetites, my dears, and you've conquered human nature'

CHARLES DICKENS

Vogels met zwarte poten kun je niet vreten (2010)

'Het debuut van het jaar: absurde, sadistische en liefdevolle verhalen laten zien dat er nog gevaarlijke schrijvers rondlopen in Nederland.'

NRC HANDELSBLAD

'Aangenaam ontregelend. Een indrukwekkende prestatie.'

TROUW

'Deze verhalenbundel slaat de grond onder de voeten van zijn lezers weg. Hij schuurt, jeukt, ontregelt en wekt beurtelings wrevel, afschuw, verwondering en vertedering op. Bij Dautzenberg vloeien werkelijkheid en surrealisme naadloos in elkaar over.'

JURYRAPPORT SELEXYZ DEBUUTPRIJS 2011

Samaritaan (2011)

'Dautzenberg schetst een grimmig beeld van Nederland waarin nauwelijks te spreken valt over het zoeken naar wegen naast de gebaande paden en waarin domme, wantrouwende lieden het voor het zeggen hebben.'
DE VOLKSKRANT

'Intelligent romandebuut dat al voor de verschijning veel aandacht kreeg. Dat is terecht.'
HP/DE TIJD

'Qua vorm, inhoud en inzet een van de boeiendste boeken die ik in de afgelopen twee jaar las.'
MARCEL MÖRING

A.H.J. DAUTZENBERG

$

Rock
€ Roll

Economie
voor en door
leken verklaard

$

UITGEVERIJ CONTACT

Rock € Roll (2011)

'Dautzenberg constateert dat de professionals over de krediet- en andere crises praten in een ouwejongens-krentenbrood-idioom alsof het een spelletje is.'
DE VOLKSKRANT

'Wat deskundigen over de economie te vertellen hebben, is vast niet zo leuk om te lezen als dit kleine boekje.'
METRO

'Het boekje *Rock-€-Roll* is actueel en past helemaal in deze tijd. Het is bovendien ontzettend geestig.'
PIETER STEINZ IN TROS NIEUWSSHOW

Smerig gezwel wat je bent (2012)

'Dautzenberg bundelt alle vuil en venijn die het gezonde volksgevoel opleverde tot een bloemlezing en houdt ons de spiegel voor. Zo toont Dautzenberg ons de andere kant door het op te nemen voor een verguisde groep. Dautzenberg is een held. Een echte.'

BRABANTS DAGBLAD

'Veel van de opgenomen teksten zijn zonder meer abject te noemen, Ze scheren, in de woorden van de bloemlezer, langs de "rafelranden van de moraal".'

DE REACTOR

'Dautzenbergs meest controversiële publicatie tot op heden.'

LIMBURGS DAGBLAD

(Deze bundel is gratis te downloaden via www.ahj-dautzenberg.nl)

Extra tijd (2012)

'Een bijna pijnlijk direct boek, zonder opsmuk, ongepolijst [...] Dautzenberg is een schrijver pur sang.'
(*****) *NRC HANDELSBLAD*

'Volkomen origineel. Dautzenberg levert een literaire prestatie waartegen de reuring omtrent zijn anonieme nierdonatie en Martijn-lidmaatschap bleek afsteekt.'
(****) *DE VOLKSKRANT*

'Met zijn mix van galgenhumor en oprecht verdriet is *Extra tijd* een gaaf voorbeeld van het lach- en traangenre.'
HET FINANCIEELE DAGBLAD